ラルーナ文庫

刑事に一途なメランコリック

高月紅葉

三交社

CONTENTS

Illustration

小山田あみ

刑事に一《いち》途《ず》なメランコリック

本作品はフィクションです。
実際の人物・団体・事件などにはいっさい関係ありません。

　朝が来てしまったことには、気がついていた。

　カーテンの隙間《すきま》から差し込んだ朝日が、細い光のラインをフローリングの床へ伸ばしている。布団にこっぽりと埋もれた大輔《だいすけ》は、眠気に抗《あらが》えず、重いまぶたをふたたび閉じた。

　秋の朝は静かだ。ラグの上に置いたベッドの中は暖かく、抜け出すのが嫌になる。

　もぞもぞと動いて、寝返りを打った。キングサイズのベッドは端までが遠い。ついさっきまで同じ布団で眠っていた男の姿がなく、そっと手を伸ばしてみた。

　枕《まくら》は沈んでいる。しかし、あるはずの体温が消えていた。

　枕にもシーツにも残っていない。

　たしか、携帯電話のアラームを止めていたはずだ。田辺《たなべ》はあくびをしながらベッドを出た。一緒に起きようとした大輔に「まだ寝ていて、いいよ」と二度寝を促した声は、朝のまどろみのように柔らかく優しかった。

　大輔は言われるがままに転がり直し、おそらく三十分ほど寝ただろう。

　三度寝はさすがにまずいと、目をこすりながら起きあがった。身体《からだ》が重だるいが、それは寝起きで覚醒《かくせい》しきっていないせいだ。セックスの名残じゃない。

　昨日の夜は、最後までしなかった。

翌日の大輔が出勤だと知っていた田辺が遠慮したのだ。

無理をすれば、受け入れる側の腰やら尻《しり》やらは、一日中、違和感に苛《さいな》まれる。もう何度も経験している大輔だったが、高まった興奮の収めどころを求め、『無理をしなければ大丈夫だ』と言い張った。

けれど田辺は辞退した。『加減ができそうにもない』と、紳士的な笑みを浮かべながら言われ、大輔はハッと息を呑《の》んだ。

情熱的な言葉とは裏腹に、涼しげな目元の美しさが色男すぎて、必要以上にドギマギしてしまった。見つめられるだけで、相手がどれぐらい自分を好きでいるか、身に沁《し》みるほど理解できる。

「加減……か」

昔のことを思い出して、大輔は失笑した。

どれほどひどく、どれほど手加減なく、嫌だと言った大輔の身体をもてあそんできたのか。

本人にも自覚があるから、いっそう紳士的に振る舞うのだ。悪くはない態度だと思う。

「……朝から、悪い顔だな。ガサ入れでもあるの？」

ふいに田辺の声が聞こえた。開いたドアへ視線を向けると、爽《さわ》やかな顔が見えた。

「朝ごはんの用意ができたけど、シャワーを浴びてくる？」

「そうする。……まだ眠い」

ベッドから立ちあがった大輔は、バリバリと頭を掻《か》く。大きくあくびをしながらドアへ向かった。すれ違いざま、パジャマを着た腰に、田辺の腕が回る。引き寄せられ、

「欲張るからだ」

と言われた。顔を覗《のぞ》き込まれ、当たり前のようにくちびるが近づいてくる。

大輔は戸惑った。寝起きで口の中がネバついているから、舌を入れられたくないと、一瞬考える。嫌になるほど現実的だ。

チュッと軽くキスをした田辺は、わかっていると言いたげに、フレンチなキスを繰り返す。そうなると、もっと深くくちびるを合わせたくなるのは、大輔の方だ。

身をよじって、田辺の腕の下から背中へ手を回す。肌触りのいいボートネックのカットソーに、リラックス感のあるワイドパンツ。爽やかなコロンの香りが心地よく感じられ、大輔が首を傾《かし》げたのが合図になる。

田辺が大輔の上くちびるを、大輔は田辺の下くちびるを吸う。交互に吸い合って、やがて、現実的な生理現象のなにもかもを忘れてしまう。

舌が柔らかく絡み、大輔は身震いした。

田辺に抱き寄せられ、廊下の壁へと追い込まれる。

「……してもいいの」

柔らかい声は、時間を計算している。濡《ぬ》れたような雰囲気が性的で、大輔はかすかに喘《あえ》いだ。

「んなわけ、ねぇだろ……」

そうは答えたが、互いの腰は微妙に押し合っている。

「時間……」

大輔がつぶやくと、田辺はいたずらっぽく微笑《ほほえ》んだ。そういうときの顔は抜群に整って見える。理知的な瞳《ひとみ》がイキイキとして、心底から楽しげだ。

「一緒に、シャワーを浴びる時間はある」

冷静を装った田辺の声が弾んで聞こえ、大輔は眉根《まゆね》を引き絞った。

「わざとだろ」

「なんとでも言ってよ。ベッドに戻らないだけ偉いだろ？」

「どうだかなぁ。……サカってるとこ悪いけど、俺はトイレ」

キスで霧散していた生理現象が舞い戻る。寝起きで膀胱《ぼうこう》が破裂しそうだ。腰の昂《たか》ぶりも、朝の生理現象による勃起《ぼっき》だから、用を足せば萎《な》えるに違いない。

「……行っていいよ」

残念そうに大輔を解放した田辺は、おとなしく台所へ足を向けた。背中を呼び止めた大輔は、トイレに向かいながら言う。

「すぐに行くから。シャワー、温めておいて」

自分でやれとは言われない。大輔の誘いだと理解している田辺の返事は、ひそやかな笑い声だ。

ドアを開けたままで用を足した大輔は、ふとおかしくなった。小さく、声に出して笑う。

非番の夜、田辺のマンションに泊まるようになって四ヶ月ほどが過ぎた。田辺はなるべく休みを合わせ、一緒に過ごしてくれる。しかし、どうしてもはずせない用事があれば、大輔が留守番をして過ごすこともあった。

田辺のマンションで大輔が知らない場所はない。どこでも自由に行き来して、なんでも好きにできる。テレビのリモコンをダイニングテーブルに置き忘れても、花瓶の位置を変えても、クローゼットを探っても、田辺は文句を言わない。

そういう関係になったと気づくたび、大輔は笑えてしまう。

ありえない事態が起こっている。

大輔にとっては、自宅よりも居心地のいい部屋だ。広くて高級感があって快適だから、だけじゃない。部屋の隅々にまで田辺の美意識が反映され、そこに少しずつ、大輔への気づかいが見え隠れしているからだ。

好みのビールが必ず冷えているとか、すぐに食べられるレトルトの品揃《しなぞろ》えがいいとか、着替えが用意してあるとか、大輔がいないときの行動が想像できてしまう。

そして、田辺は無理に身体を合わせようとしなくなった。

ふたりの間に、次の約束があるからだ。今夜でなくても抱き合いたくなれば会える。

とはいえ、性的なことが皆無になったわけじゃない。

昨晩だって挿入しなかっただけで、互いにあれこれとしたし、されたし、させられたし、楽しんだ。

用を足し終わった大輔は、喉《のど》に息を詰まらせた。思い出したついでに、夜のうちに味わった強烈な欲情がよみがえったからだ。ブルブルッと髪を振り、トイレを出て浴室へ向かう。

浴室の床を叩《たた》くシャワーの音が、半透明の扉越しに響いている。

脱衣カゴを覗くと、田辺の衣服が入っていた。その上に、自分の脱いだ衣服を投げ込み、ドアを開ける前に小さく息を吸い込んだ。

昨日の夜、田辺に指を入れられた尻の穴が、どことなくむずがゆい。して欲しくて疼《うず》いているのかと思うと、ドアが開けられなくなる。

大輔はうつむき、顔を歪《ゆが》めた。高揚感と戸惑いがいつものようにごった混ぜになり、どういう表情で感情を飲み込むべきか、考えてしまう。無表情ではあまりに冷淡だ。

悩んでいるうちにドアが開いた。顔を見せた田辺が笑いながら身を屈《かが》める。

「どうしたの」

立ち尽くす大輔に、驚くでもない。

「……別に」

ぶっきらぼうに答えると、腕を引かれた。湯気が溢《あふ》れた浴室へ連れ込まれる。

「顔が赤い。熱でもあるなら、今日は休めば？」

悪魔のささやきだ。風邪《かぜ》なんてひいていないことはわかっているのに、一緒にいられる時間を引き延ばそうとしてくる。

「看病してあげるよ。添い寝付き」

「ばーか、注射付きの間違いだろうが」

「必要なら……」

「必要じゃない」

そっけなく答えた頬《ほお》を、両手で包まれる。またキスが始まり、温かなシャワーが、大輔の背を打つ。

広めの浴室だ。男ふたりでも窮屈には感じない。

こういうことをすると見越して、田辺はこのマンションを選んでいた。まだドライな関係から発展してもいないのに、未来に希望を繋《つな》ごうとしたのだ。夢を見ることに躊躇《ちゅうちょ》しないところが、田辺にはある。

「朝ごはん、なに？」

長いキスの合間に、大輔はひっそりと相手を見つめながら問いかける。答えは甘い吐息になってくちびるに触れた。

「目玉焼きとベーコンとサラダ。それからクロワッサン」

「ヤクザの朝は、おしゃれだねー。ソタイに食わせるモーニングじゃねぇよ」

笑いながら答えた大輔のくちびるを、田辺の親指が静かになぞった。

大輔は県警の組織対策本部に所属する刑事だ。そして、田辺は関東随一の大組織・大滝《おおたき》組《ぐみ》に関係するヤクザ。

本来は、追う者と追われる者だが『情報をやりとりする協力者』という名目がある。

「大輔さん、少し、黙ろうか」

田辺の指先が、するりと大輔の下腹をくだっていく。萎えたはずのものは、田辺のキスで熱を持っていた。指に絡め取られると、昨日の夜が物足りなかったと言いたげに膨らんでいく。

大輔も、田辺の欲望へ手を伸ばした。

こちらはもう脈を打つほど硬い。

「朝から、おまえ……。エロい」

「寝顔でマス搔こうかと思った」

「やめろよ。顔射で起こされるなんて最低だ。……っ」

田辺の指が的確に動き、大輔の息が乱れる。快感へ集中すると、すぐに射精欲が募った。

「……あっ、……はぁっ」

「あんたがエロいから、俺がこうなるんだよ」

田辺の腰が、大輔の手筒の中で揺れる。手を動かしてやろうと思っても、与えられる快感が強くてうまくできない。

「あ、あっ……。ちょっ、とっ……」

手の動きをゆるめてもらいたかったが、田辺は受け入れなかった。

「寝起きでイクところ、見せて。立っていられる？」

「無理……っ」

答えると、田辺はシャワーヘッドの向きを変えた。水流が壁を打つ。大輔はそこへ追い込まれた。温まった壁が背中に当たる。

「あやっ……」

片手で田辺の性器を握ったまま、もう片方の手で首筋を誘う。舌を絡めながら胸が触れて、根元からしごかれる。欲望で膨らんだ先端が田辺の肌とこすれ合い、大輔はたまらずに背をそらした。伸び上がると、またくちびるを吸われ、田辺の手筒に射精を促されていく。

絶妙な動きに身を任せながら、大輔は快感でまなざしを濡らす。

性感の熱がじりじりと身の内を焼き、そのせつなさに耐えかねて田辺に訴えかける。

キスをしたまま、互いの手を入れ替えた。それぞれに自分のものをしごきたてながら、視線を交わし、くちびるを貪《むさぼ》り、ゴールへ駆けあがる。

「んっ、ん……」

射精の瞬間、大輔は顔を背けようとした。そのあごを、田辺が押さえてくる。

欲望の溢れた目で見つめられて、腰が震えた。熱のかたまりが下腹から溢れ出し、息を詰めて見つめ返す。田辺の目元も歪み、互いの肌に白濁した体液が降りかかる。

「……大輔さん」

息を乱した田辺のキスは、欲情の滾《たぎ》りを見せたわりに落ち着きがあって優しい。いつものことだ。

「あや……」

呼び返した大輔は、肩で息を繰り返す。

「うん」

くちびるを閉じたまま、田辺が満足げにうなずいた。

田辺の下の名前は、恂二《じゅんじ》だ。『恂』の字に『あや』の読みはない。田辺は書類上に出ない情報源だから、漢字表記をあいまいに覚えていたのだ。大輔が『絢《あや》』の字と混同して間違え、そのままになっている。

田辺も、そう呼ばれるのが好きだと言った。

本心かどうかは一目瞭然《いちもくりょうぜん》だ。田辺の顔には穏やかな微笑みが浮かび、ほかの誰《だれ》も使わない呼び名を喜んでいる。

胸の奥がざわめき、大輔は指先で田辺の首筋を撫《な》でた。そして、ゆっくりと耳たぶを揉《も》む。くすぐったそうに身をよじる田辺が、やがて笑い出す。

「……朝ごはん、食べないとね。……遅れるよ。前に置いていったシャツは洗ってある。アイロンはかけてない」

あんまりピシッとしていると、女でもできたんじゃないかと部署の同僚たちがおもしろがってうるさくなるからだ。

「うん……」

離れがたくて、大輔はなおも耳たぶを揉んだ。田辺の手に引き剝《は》がされ、いたずらをたしなめる瞳で見つめられる。

「来週は、二連休だから」

大輔が言うと、

「それまでは泊まりに来ない？」

田辺はなに食わぬふりで返してくる。

とっさに言葉が詰まった。答えられない大輔を見て、田辺はすぐに首を振った。

「嘘《うそ》だよ、嘘。来週まで待って、たっぷりしよう。腰が立たなくなるぐらい、かわいがるから」

「……おまえ、それは……ダメだ」

大輔は急にしどろもどろになってうつむいた。仕事上の駆け引きだと思っていたときはさらけ出せた欲望も、深い関係になり、いざ恋人として付き合い始めると恥ずかしくてたまらなくなる。

田辺のかわいがり方を思い出して困惑する大輔のあご先が男の指でくいっと持ちあげられた。キザな仕草にさえ、ときめいてしまう自分のうかつさが疎ましい。

けれど、一方では、震えるほどに心が燃えている。

「そっちこそ、反則スレスレだ」

女泣かせの甘い目元をした田辺が、ヤクザらしい獰猛《どうもう》さでギラリと瞳を光らせた。それは一瞬のことだ。すぐに理性的な表情に戻り、無理強いせずに引く。

どちらが、本当の彼なのか。大輔はあまり真剣に考えたことがない。

田辺が生業《なりわい》にしているのは詐欺だ。切った張ったがあるわけじゃない。それでも組織で生きていくことはたやすくないから、獰猛さも、鋭さも、内に秘めている。

それは当然のことだった。優しいだけの男は、周囲に食い潰《つぶ》されて終わる世界だ。

ギラつく本心を、めいっぱいの上品さで隠している田辺を引き寄せ、大輔はまっすぐに視線を向ける。二面性のあるまなざしの複雑さが、単純に生きてきた大輔には眩《まぶ》しいほど魅惑的に思える。

もう一度キスがしたくなって、強引に引き寄せる。

紳士的な冷静さを剝ぎ取ってやりたいと思ったが、なんとか耐えてやり過ごす。

ここでキスしたら、少なくとも午前中は出勤できなくなる。それは困る。大輔にとって仕事は命の次に大事なものだ。

いままではそうだった。しかし、不動の一位が揺らぎ始めている。

どれぐらい、この気持ちが伝わっているのだろうかと考えながら目で追う。

なにも言わずにシャワーを摑《つか》んだ田辺は、互いの身体を流し始めていた。

髪をワックスで固めて、白いワイシャツに袖を通す。リビングに置かれたソファの背もたれに腰を預けてボタンを留める。そこへ、田辺がネクタイを持ってくる。

「結ぼうか?」

「今日はいいや。カバンに入れといて」

答えた大輔は、壁時計の針を気にしながら、シャツの裾《すそ》を押し込んでスラックスを引きあげる。ふいに笑いが溢れた。くくっと声をくぐもらせると、田辺が振り向く。

ソファの上のカバンを開け、ネクタイをきれいにしまっていたところだ。

不審げな表情に対して、笑ったままで答えた。

「こんなに面倒見てもらったこと、ない」

言いながら、ベルトを締める。

「母親みたい？　それとも、嫁か……」

肩をすくめた田辺は薄く笑う。『嫁』という言葉に、以前ほどの重さはなかった。痛みも感じない。

離婚して約三年。もうとっくに心の整理はついた。いろいろなことが過去になり、いまは距離を取って思い出せる。田辺の存在が、そうさせたのだ。

「じゃあ、行くから」

時計の針がタイムリミットを示し、ジャケットを羽織った大輔は、カバンを摑んで玄関へ向かう。

「いってらっしゃい。気をつけて」

柔らかな声に追われて、振り返らないままで靴を履く。心の奥底がじんわりと湿って、言葉にしがたい気分になる。

新婚の頃は、元嫁の倫子《のりこ》も見送ってくれた。早く帰ってきてねと無邪気に送り出され、無理を言うなと心の中で悪態をつくようになったのはいつ頃だっただろう。

心の奥に陰が差して、立ちあがった大輔は肩越しに田辺を見た。

ざっくりと編んだルーズなカーディガンに、襟ぐりの広いボートネックのカットソー。腕を組んで壁にもたれていた男は、微笑みながら近づいてきて、その場に膝《ひざ》をついた。

大輔の黒いスニーカーの紐《ひも》がほどけていたからだ。さっと結び直してくれる。

その姿を見ながら、元嫁の記憶を頭の隅へ押しやった。離婚したことは過去なのに、心の整理もついているのに、田辺といると思い出してしまうことが多い。ひとつひとつの分岐点をなぞって、同じ過ちをしたくないと繰り返し検分する。

「駅まで走ることになるよ。……車で送ろうか?」

その場に膝をついたままの田辺に、玄関先で見あげられる。職場の近くまで送るという提案は、首を振って断った。

「いってきます」

田辺の前髪のきれいなカールを指で揺らして、大輔は扉を開けた。エレベーターホールに向かいながら、忘れ物がないかを確認する。

腕時計に、携帯電話。家の鍵《かぎ》と財布。必要なものがすべて、あるべき場所に収まっていることを確認し終えると、ちょうどエレベーターが到着した。

乗り込んで、ロビー階のボタンを押して顔をあげる。すると、閉まりかけていたドアに手が差し込まれた。田辺だ。カードキーの入った財布を手にして、息を乱しながら乗り込んでくる。

驚いた大輔は、直後にあきれた。同時に、胸の奥が温かくなる。

「駅まで、送らせて」

するりと身を寄せられ、服に隠れて指が絡む。大輔はかすかに息を吸い込んで、「ん」と小さくうなずいた。


名残惜しく離れがたいときと、そうじゃないときの差はなんだろうかと考える。身体を繋いだあとなら、晴れやかな気分で手を振り合えたのかもしれない。

お互いの気持ちを確かめるのに、手っ取り早い方法だ。言葉よりも、キスよりも。あけすけな快楽の交渉を持つことが一番いい。

せめて玄関先でほんの少しの時間を取り、ぎゅっと抱き合えばよかったのかと、そんなことをバカ真面目《まじめ》に考えてしまう。大輔は失笑した。

「ニヤニヤして。ご機嫌だな」

コンビを組んでいる先輩刑事が疎ましげに睨《にら》んでくる。自分の顔をつるりと撫でた大輔は表情を消す。失笑していたのに、ニヤついて見えたなら心外だ。

車の助手席に沈むように座った西島《にしじま》は煙草《たばこ》を指でもてあそんでいた。覆面パトカーの車内は禁煙だ。

「調子がいいみたいでうらやましいよ、おまえは。若いってのはいいよなぁ。相手はどこの誰だ。そういえば、この前、コンパに誘われてたよな？　いいのがいたか」

火のつけられない煙草をくちびるに挟み、西島は窓の外を眺める。

鉄筋コンクリートの二階建てビルが調査対象だった。暴力団の事務所として登録がある。所属は大滝組で、三次団体だ。近頃、妙に羽振りがいいと噂《うわさ》になっていた。

そこへ出入りする関係者を知るため、大輔と西島は一日中こうして張っている。事件はまだ起こっておらず、単なる調査だ。もしものときのために、地道な情報集めをしておくのも仕事のひとつだった。

「薬物《ヤク》を扱ってるなんて、マユツバって気がするけどなぁ」

ハンドルにもたれてつぶやき、大輔はぼんやりと目を細めた。

「行ったんだろう、コンパ」

「まだ、そんな話してるんですか。行ったけど、人数合わせですよ」

「人数合わせだろうが、出会いを求めてれば、出会うだろ」

「いや、意味がわかんない」

大輔が笑うと、ヤクザ顔負けのいかつい雰囲気をした西島に肩を押される。

「女を作れよ、女を。……ヤクザとツルでるとロクなことにならねぇぞ。ほどほどだ、なにごとも」

「なんの話ですか」

しらを切った大輔の横顔へ、西島の鋭い視線が容赦なく突き刺さる。振り向くのはさすがにこわい。大輔はうんざりとして、ため息をついた。

「別に、ツルんでるわけじゃないし……。情報だって、ちゃんともらってるし」

「ついでに、どこの世話をしてもらってんだって話だ。そのあたり、わかってるんだろう」

「……いまさら」

苦々しさが胸の内に広がり、大輔は顔を歪めた。煙草を指で回した西島が言う。

「週に一回の昼飯と、月に一回のホテルなら、まぁギリギリセーフだろうな。でもなぁ、おまえ……、月に四回のマンション通いは、ギリギリじゃないアウトだ」

「知って……」

それ以上、返す言葉が見つからず、大輔はぐっと息を呑む。

春頃は、応援するようなことを言われていたが、夏の頃から状況が変わった。田辺との関係に対する風当たりは強くなり、ことあるごとに揶揄《やゆ》される。

いつかは釘《くぎ》を刺されるとわかっていたが、これほど赤裸々に責められるとは想像していなかった。

大輔も田辺も、本来は異性愛者だ。そのふたりが続ける男同士の肉体関係なら、情報協力の見返りとして目こぼしが続くと、どこかで期待していたのだ。

西島が苦い表情で眉をひそめた。

「……ほかのヤツらは知らない。だから、うっかりして足元をすくわれるなよ」

「情報を取ってくれれば、文句はないんでしょう」

大輔はぶっきらぼうに答えた。

ほかのヤツらというのは、西島と大輔が所属する組対こと組織対策本部の暴力団対策課に属する別チームのことだ。普段から成績を競っているが、この頃は、薬物関係の手柄を立てようとつばぜり合いに拍車がかかっていた。

最近、厚生局の麻薬取締部が大物芸能人を麻薬使用で逮捕したからだ。テレビでも頻繁に特集され、懸案となる入手ルートの解明を巡っては、麻薬取締部と組対の薬物課が火花を散らしている。もちろん、ヤクザが嚙《か》んでいる可能性は高く、組対の暴力団対策課も首を突っ込んでの三《み》つ巴《どもえ》だ。

自然、各組織内のチーム同士も、牽制《けんせい》が激しくなる。切磋琢磨《せっさたくま》なんて言葉はきれいごとで、裏では足の引っ張り合いも横行していた。

「薬物関係なら、岩下《いわした》は関係ないんじゃないの？」

大輔はわざとくだけた言い方をして、先輩の西島を見る。気心の知れた仲だ。特に不満げな顔をされることもない。

「まぁ、そうとも言えるよな」

くちびるに挟んでいた煙草を箱へ戻した西島が表情を歪ませたのは、大滝組若頭補佐である岩下周平《しゅうへい》のことを考えたからだろう。彼は、田辺の兄貴分だ。

デートクラブの経営が主な資金源と見られている、元女衒《ぜげん》の色事師だった。

「そうとも、って……。大滝組は薬物関係を御法度にしてるし、幹部が表立って関《かか》わるなんてありえないと思いますけど」

「ちょっとは自分の頭で考えろ。確かにな、大滝組は自分のところで扱うのを嫌がってるけどな。量が増えただろ。あと、種類」

「関西で出回ってるヤツが流れてるなら、桜河会《おうがかい》のシノギで間違いないでしょう……」

大滝組のシマで薬物を捌《さば》いているのは、京都のヤクザだ。近くの大阪・神戸は、関西一の組織・高山組《たかやまぐみ》の管轄になっているのでわざわざ遠征して商売をしている。

黙認している大滝組は場所代で儲《もう》けているという構図だ。

西島がうなずいて答えた。

「だとしたら、だ。大輔。なおさら、そういうことを岩下が許すと思うか？　量や種類が増えたら、尻尾《しっぽ》も出やすい」

そうなれば、取り締まりの対象として目をつけられてしまう。商売の責任は桜河会にあるとしても、痛くない腹を探られるのは避けたいはずだ。

　窓の外を眺めながら話す大輔は首を傾げた。

「さすがにそんな細かいことまで、コントロールしてないんじゃ……。いや、そういうところはあいつも知らないと思う……」

　そもそもの話だ。いくら岩下の舎弟分だといっても、田辺の仕事は投資詐欺で金を集めることだ。兄貴分が関わる組の仕事のことは、ほとんど知らない。それでも、大輔のために、いくらか動いて知り得た情報を運んでくれている。

　その遠巻きなところが、大輔と田辺、双方にとって都合がいい。核心に近づきすぎると、田辺を飛び越えてヤクザ側が動き、大輔を協力者として買収しようとする恐れがあった。

「聞いてこいとは言ってない」

　西島はそっけなく鼻を鳴らす。

　ふたりの目の前にあるビルには、まだ、誰も現れていない。もし現れたとしても、いまは記録するだけだ。車にドライブレコーダーも取り付けられている。

「あんまり深い仲になるな。相手は、ヤクザだ」

　冷淡に言われて、大輔の背中が、ひやりと冷える。ミイラ取りがミイラになるとでも言うのだろうか。口を開きかけて、やめた。

　組対の動向を知ろうとする岩下が、田辺に情報収集を命じる可能性はあった。田辺の立ち位置を考えれば、断ることはできない。いまでもちょっとした情報は流しているが、田辺が持ってくるネタに比べれば小さなことばかりだ。情報同士の交換で済んでいるうちはいいが、金を積まれると雲行きは怪しくなる。

大輔が向こう側の協力者になってしまっては、暴力団対策課内での立場が危うくなってしまう。

西島はそのことを言いたいのだろう。

考えないようにしているだけで、大輔にも自覚はある。

特に、岩下周平というヤクザとは距離を置くことが最善だ。すでに餌食《えじき》となって自滅した刑事もいる。

だからこそ、絶妙の距離感で田辺を情報源としている大輔は重宝されていた。

「大輔。いいか。大滝組のほとんどのことは、岩下が緻密《ちみつ》な計算でバランスを取ってる。それぞれが好き勝手にしているように見えても、あの渉外能力はとんでもない。……なのに、な。目に見えて薬物売買が派手になってる」

西島に対して、大輔はちらっと視線を送る。

「なにかが動くということですか」

「岩下の策が動いているのか……、もしくは、大滝組も知らないルートができたかもしれないって話だ」

「ありえない話じゃない。大阪の高山組が、噂通りに分裂《割れる》かもしれないなら、ありえる」

「本当に、割れるんですか……。抗争とか……」

「いまはやらねぇと思うけどな。派手に殺し合っても、なんの利もないからなぁ。けど、関東が煽《あお》りを食わないって話でもないだろ。ニシンを追って漁場を変えてくるって話だ」

西島がまた、ふんっと鼻を鳴らした。大輔は意味がわからずに首を傾げる。

「え？　ニシン？」

新しい薬物の名前だろうかと、本気で思う。

「え、おまえ、ニシン、知らないのか。魚だろ。ニシン御殿が建つんだぞ」

「はい？　魚？　ヤクじゃなくて」

「なに言ってんだ。意味がわからん」

あきれた目で見られ、大輔はむっとした表情を返す。ふたりはしばらく睨み合ったが、どちらも引かず、同時に前を向いた。

「西島さんは、新しいルートが存在すると思うんですか」

「半グレかもしれないし、外国人かもしれない。……どっかから持ち込まれて、売られて、誰かが買うんだ」

そこにヤクザが絡んでいるのなら、組対の出番だ。薬物課よりも早く現物の押収ができれば、暴力団対策課の手柄になる。

「……ヤクザが組を抜けるのと、舎弟が岩下から離れるんじゃ意味が違う。おまえの相手の後ろには、岩下がいるんだ。引き際を考えろ。いつまでも同じ人間を相手にするな」

大輔は、とっさに振り向いた。西島は前を見たまま、くちびるを引き結んでいる。

別れられないと言いかけて、大輔もくちびるを閉ざした。ぎゅっと強く、引き結ぶ。

ただのヤクザなら、手順を踏めばどうにか、組を抜けてカタギに戻ることができる。けれど、岩下の舎弟が、彼と縁を切って離れることは難しい。田辺は『岩下の長財布』とまで呼ばれた財源だ。そう簡単に関係は変わらないし、距離を置くことそのものが裏切りと取られる可能性もあった。

利害だけの協力者だと胸を張って言えるなら、西島の助言に従うのが正しい。田辺と距離を置き、新しい情報源を見つけることに躊躇もないだろう。でも、そうはいかなかった。

大輔はもう恋をしている。

相手は、ヤクザだ。そして、大輔は刑事だった。『協力者』という隠《かく》れ蓑《みの》がなければ、本気になればなるほど危険に陥る、許されない関係だ。

見ないようにしてきた現実を突きつけられ、そういう時が来てしまったと、ただぼんやり考えるしかなかった。

＊＊＊

横浜の山手《やまて》にあるレストランのランチタイムは女性客で満ちている。にぎやかな笑い声と折り重なるように聞こえてくる話し声、カトラリーの触れ合う金属音も柔らかに響く。男女のカップルも男同士の取り合わせも珍しい中で、田辺はランチミーティングの素振りをして座っている。堂々としていれば、周囲に怪しまれることはない。

店側が気を利かせ、窓際の隅にある席に案内されたのもよかった。テーブルの配置がほどよく離れているので、人目につかず、会話を盗み聞かれる心配も少なくて済む。

目の前に出された、スプラトゥスの香草パン粉グリルを器用に切り分けた田辺は、優雅な仕草で口元へ運ぶ。

ランチミーティングの相手は、スーツ姿の岡村慎一郎《おかむらしんいちろう》だ。岩下の舎弟仲間で『同期』と呼べる悪友のひとりだった。関わっている仕事が違うので、こうして定期的に情報交換の場を作る。

夜に会うことも多いが、邪魔が入らないのは昼間だ。

岩下からの呼び出しもかかりにくい。

「この魚、なんだった？」

岡村に聞かれ、田辺はワイングラスを手に取った。一口飲んでから答える。

「スプラトゥス。ニシンだろ」

「ニシンなんだ、へー……」

感心したように片眉をあげた岡村も、ワイングラスを引き寄せた。会うのが昼でも夜でも、ふたりが酒を飲むことに代わりはない。

「勉強しろよ、岡村。あのクラブの客は、一流の人間も少なくない」

「多くもない」

田辺の言葉を素直に受け取らず、岡村はそっけなく答えた。

クラブというのは、岩下の管理してきたデートクラブのことだ。これまで社長職に就いていた岩下が退き、後継者にはカバン持ちを続けてきた岡村が抜擢された。

デートクラブの表向きはカタギの会社であり、岩下の抱えるシノギの中では実入りが多くないと思われている。実務は支配人が取り仕切り、登記簿上の社長兼オーナーも名義を借りた別人の名前だ。

しかし、裏向きでは、売春、各種の違法パーティーの開催と、かなりの金が動き、一筋縄ではいかないシノギになっている。それらすべてを統括してきたのが便宜上『社長』と呼ばれる岩下だ。女衒、色事師と揶揄されてきた兄貴分は、その悪評をいかんなく発揮していて、他人の欲を金に換え、その上で、買いたくても買えない顧客名簿を作りあげた。

政治経済に関わるさまざまな人間の欲が、リストアップされている。

つまりは、弱みを書き込んだ黒革の手帳だ。

使い方次第で、金にも権力にもなり、ヤクザとして生きていくためだけでなく、日本のあらゆる分野の人脈を発動させることができる。もちろん、使う人間の手腕も問われ、岩下でなければ無理だと周囲の人間は口を揃えた。田辺もそう思っている。

しかし、管理に関しては、意外にあっさりと席を譲った。

カバン持ちとして、どこへ行くにもついて回っていた岡村なら、岩下の流儀はよく理解できている。朴訥《ぼくとつ》とした雰囲気で目立たず、ともすれば存在感が薄い男だったが、見る者が見れば『右腕』と評されることもあった。堅実さは認められていたが、岩下に匹敵するような華はない。

なにかが足りないと言われ続ける岡村に、同僚として悪友として、田辺は何度も『我を出せ』と助言した。あまりに個人の色がなく、このままでは足元を見られて利用されると心配してきたのだ。相手の失敗に心を痛めることなく笑うような付き合いだが、おちぶれていくことは望まない。

相手も自分も一流であるからこそ、悪態ついて罵《のの》り合う楽しみが活きる。

いつまでも兄貴の背中に隠れているわけにはいかないのだから、どこかで岡村らしい生き方を摑んで欲しいと願ってきた。しかし、それが叶《かな》ったときには、田辺の心配も的中した。

誰が言っても朴訥とした無個性を貫いてきた岡村が、あるときから急にやる気を出したのだ。意欲がみなぎり、身のこなしも洗練されて、岩下の陰に隠れていた華はひっそりと地味に開いた。それは見違えるほどだったが、問題もある。意欲の発露が、叶わない片想いにあることだ。

よりにもよって、岩下の男嫁が相手だ。すっかり惚《ほ》れてしまい、その男嫁、旧姓・新《しん》条佐和紀《じょうさわき》からは、いいように扱われている。

佐和紀を昔から知っている田辺は同情したが、岡村本人はどことなく幸せそうだ。

しかし、佐和紀は佐和紀だ。結婚したって、首に縄がかかったって性格は変わらないのだろう。確かに、顔は整っている。結婚してますます磨きがかかり、ちょっとお目にかかれないぐらいの雰囲気のある美形になった。『麗人』という言葉が似合うと掛け値無しに思えるぐらいだが、本性は暴れん坊で、がさつで、どこをどうこねくり回しても、女々しさなんて微塵《みじん》も出てこない。正真正銘の『男』だ。

田辺も一時期は興味を引かれたが、あまりのギャップに嫌気が差した。いいのは顔だけ。それは肝に銘じている。

「ニシンといえば、佐和紀さんが……」

ふいに言って、岡村は口元をゆるませる。悪魔に魂を売った顔だと、田辺は苦笑いを浮かべた。

「それ、いらない情報」

すかさず拒絶したが、岡村は黙らない。

「そういう曲をカラオケで歌うんだけど、妙に味があって……。演歌も悪くないって気分になる」

「で、なに？」

「それだけ。おまえは聞いたことないのか」

「そういう飲み方はしてない」

うっかり本当のことを言ってしまい、睨まれる。田辺と佐和紀の関係は、利益を搾取する者とされる者だ。美人局《つつもたせ》に誘い、さんざん上前を撥《は》ねてきたので関係はよろしくない。

「じゃあ、今度、聞かせてもらうといい」

しらっとした岡村の表情に、わずかなあくどさが兆す。

「いや、俺を呼び出さないように言ってくれよ。俺が行かなかったら、おまえとふたりだろ。機嫌を取るチャンスだ」

「おまえを苛《いじ》めたあとが、あの人は機嫌がいいんだ」

「俺を売るな、俺を。それはそうと、このまま、クラブの『社長』をやるんだろ」

「さぁ、どうだろう。そうなるかな」

「浮かない顔だな」

どこか億劫《おっくう》そうな岡村に、からかいの視線を向ける。

「忙しい。すごく、忙しい」

睨み返してくる岡村は、感情のこもった言葉を重く繰り返した。身に余る大役に謙遜《けんそん》を続けているのではない。そんな感激の瞬間は過ぎさり、シビアな時間の制約に不満があるらしい。岡村らしい本音だ。

佐和紀の世話係として動く時間が減るからだと、田辺は納得した。

「岩下さんがやってきたことだろ？」

「それも、信じられない」

「慣れてきたら、手の抜きドコロもわかる。いまだけだ」

「らしくないな」

見据えられ、田辺はにやりと笑い返した。

悪ぶって裏があるように見せたが、脳裏によぎったのは大輔の姿だ。好きな相手といられる時間の大切さは身に沁みて知っている。

大輔と恋人になってから、田辺の心は日に日に穏やかになっていく。このまま、なにもかもの角が取れて、丸くてつやつやした人間性に変われそうな気がするぐらいだ。

「あの会社、組から切り離せないのか」

ふいに思いついて口にすると、岡村はほんの少しだけ考え込んだ。首を傾げながら声をひそめる。

「表向きは離れてるようなもんだよ。風俗系との連携がなければ、上品な社交クラブだ」

しかし、実態は真っ黒だ。母体となるデートクラブを隠れ蓑にして、売春、乱交、カジノと非合法な乱痴気騒ぎの興業元になっている。

岡村が管理を継いだのはデートクラブだけだと思っていたが、どうやら非合法興業全般だ。内部組織については詳しく知らないが、見た目とは真逆にそつのない岡村が忙しいと言うのだから、雑務は山のようにあるのだろう。

「なるほどね。ほんと、おまえはうまくやったよな。後釜《あとがま》を狙《ねら》ってるヤツはけっこういたのに」

田辺の言葉に、岡村はまたため息をつく。

「金は入るけど……」

「時間なんて、新条の方に作らせておけばいいだろ。それに、クラブで使ってる薬があれば……あ……」

地雷を踏んだと、瞬間で理解した。

岡村の冷たい一瞥《いちべつ》を受け流し、不発で済んだ地雷からそっと足を離す。

「悪かったよ、冗談だ。おまえがそっちをうまく回していけば、当座の岩下さんが金に困ることはないな」

「なにを考えてるんだ」

岡村が静かに問うてくる。答える代わりに、田辺は食事へと没頭した。

声の響きで、岡村の言おうとしていることがわかった。岩下が金に困らなければ、おまえはどうするつもりだと言いたいのだ。

それについては答えるつもりがない。田辺は話をすり替えた。

「そのうち、新条がやるのか、その仕事。それとも、おまえが金だけ融通するのか……？　そういうことだ」

岩下はほかにも金の流れを持っている男だ。佐和紀の世話係である岡村を後釜に据えたのは、嫁の収入源とするためだとも考えられる。秘密の顧客リストについても、岡村と佐和紀のふたりが管理するなら万全だ。佐和紀に惚れている限り、岡村が裏切りに走ることは考えられない。佐和紀には無意識に人を縛るところがある。男に対して顕著で、そこも田辺が気に食わなかった部分だ。見た目のまま清楚《せいそ》で従順で、女のような存在だったなら、どうやってでも自分のものにしただろう。その結末は、ありきたりな破局だ。

傷つくのは佐和紀で、田辺の生活はなにも変わらない。そんなことを想像すると、苦々しい気分になる。自分の中にある邪悪さが首をもたげ、大輔に知られたが最後、嫌われてしまいそうだと心配になるからだ。

自分より弱い存在に対して冷徹で、徹底的に虐げることができる。その瞬間の田辺には罪悪感などなく、自己満足に酔うばかりだ。

岩下にさえ性格が悪いと言われたことを思い出し、田辺は内心で失笑した。いまでも褒め言葉だと信じている。あの頃は、誰かのために罪を犯したい時期だった。

いまは、大輔を満たすことで、すべてを贖《あがな》う気分だ。けれど、これまで傷つけた相手のことなど微塵にも頭にないし、重ねた罪に後悔もしていない。過去は過去だ。そこにいた自分を否定する気もなかった。

田辺が埋め合わせたいと願うのは、ひたすらに、大輔との関係についてだけだ。

男である大輔を振り向かせ、彼の人生に干渉すること。そして、自分の人生を傾けたいと願うときの痛みと苦しみ。隣り合わせの幸福。

それらを正当化するためだけに、田辺はなるだけきれいな手段を選ぶと決めていた。

大輔が満ち足りていれば、世界はすべて美しい。そう思うときがある。

「あの人は、嫁を、外に出すつもりなのか」

いつかは聞こうと思っていたことを口にする。

「佐和紀さんは、家の奥に入っていられる人じゃない」

岡村はさらりと言った。

「顔だけ見てれば『深窓のなんとやら』なのにな。でも、神経を使うシノギができるタイプじゃないだろう」

バカだから、と言いかけて、田辺は口ごもった。岡村は黙って目を伏せる。田辺の言おうとしたことに気づきながら、衝突を避けて無視を決め込む。

「まさか、こおろぎ組を継ぐとか？　っていうか、いつ聞いてもふざけた名前だよな」

初代が興梠《こおろぎ》姓だったとか、こおろぎ相撲の興行で一山当てたとか、由来の説はいくつかある。

地元に昔から住んでいる年寄りに聞くと、懐かしそうに目を細め、思い出が口なめらかに溢れ出す。こおろぎ組は、そういう組だ。暴力団というより、地に根付いた俠客《きょうかく》集団に近い。

「新条は、組長って器じゃないな」

田辺の勝手な断言を、岡村は聞き流した。黙ったままだ。

「あれ、意外……。食ってかかるかと思ったけど？　惚れた弱みで目が曇ったわけじゃないのか」

「いまはまだ、そのときじゃない。それより、田辺、おまえはどうなんだ。岩下さんの金回りの心配なんかして、足抜けするつもりか？」

ぐさりと一刺しされて、田辺はさりげなく視線をそらす。

おとなしく話を聞いていると思えば、ここぞと核心を突いてくるのが岡村らしい。

岩下がデートクラブから距離を置き、それが佐和紀の管轄となっていくのなら、金の流れも新しくなる。これまで『岩下の長財布』と呼ばれ、表立って用意できない大金をドンと積んできた田辺も変化を求められるだろう。

これまで通りに金を流すのか。ここあたりが潮時と身を引くのか。佐和紀の存在を利用すれば身の振り方は選べる。反対に、潮目を読み間違えれば、渦中へ飲み込まれかねない。

大輔のためにも、慎重にならざるをえない状態だ。できれば、足抜けを果たし、ただの男としてそばにいたい。その思いは日毎《ひごと》に募る一方だ。

「……やめておけよ。路頭に迷うぞ」

岡村の声は真剣だ。田辺の心を読んでいる。しかし、田辺は素知らぬふりで答えた。

「どういう意味だ」

本心を明かさず、しらを切る。いまはまだ、相談を持ちかけるときですらない。岡村にも岡村の都合がある。佐和紀を利用すると知れば、無駄な反発を生むかもしれず、まだ見極めが必要だ。

「俺の方は、クローズに入ってる。もうしばらくすれば、休眠だ」

岡村の話を無視して、シノギにしている投資詐欺の話を振る。

どんな詐欺でも同じ手口を繰り返すには限度があり、演者が同じならなおさら、引き際が肝心だ。田辺は特に、自分の顔で女を騙《だま》しているから、定期的にすべてを清算する。

休眠期間中は、詐欺仲間の手伝いをすることもあれば、しばらく遊んで暮らすこともあった。その間も余剰金を運用してもらっている利益で、岩下にまとまった金を渡す。運用を任せているのは、海外に出た大滝組組長のひとり息子・悠護《ゆうご》だ。

彼はトレーディングの会社と関わっていて、悠護と周平の橋渡しも田辺の仕事のひとつだった。それも含めて考えれば、ヤクザから足抜けができても、足を洗えない矛盾があることはわかっている。

岡村が向けてくる心配もそこにあった。

「おまえが休めるのは、戻ってくるとわかってるからだろ」

案の定、予想通りのことを言われる。

「二度と戻らないとわかっていても、アニキが許すと思うのか？」

「まぁ、俺に対しては、そんな優しさはないだろうな」

岡村なら話は別だ。ヤクザからの足抜けは、組からの除名であり、後腐れなく業界から足を洗える。そこが岡村と田辺では違っていた。足を入れた沼の違いだ。

ずいぶん前から知っていたことだった。岩下がシビアなのは、岡村よりも田辺が自立していて、独り立ちでやっていけると信用されていたからでもある。岡村はいつでもカタギに戻れる立ち位置に置かれていた。必要がなくなれば、手放すつもりでいたのだろう。

それをうらやましいとは思ったことはない。厳しさは期待の表れだと信じ、岩下のために稼ぎ、貢いできたのだ。

ときどき意地が悪い岩下の背中を追いかけ、いつかは超えてやると憧《あこが》れた。

「指なんて、欲しくもないだろうしな。物や金で動く人ならいいけど」

宙を見つめた田辺は、ぼんやりとつぶやいた。

「新条には頼りたくないしな……」

「頭をさげれば、話は早い」

岡村の返事は、本気ならと言いたげだ。田辺は苦笑いで肩をすくめた。

「それはさ、あの人に言えないから。新条に頭さげて、靴の裏を舐《な》めて助けてもらったなんて」

「そこまでさせないだろ、佐和紀さんも。……おまえ、まさか」

岡村がいきなり気色ばみ、田辺はそっと片手のひらを向けた。

「ない。そんなことはさせてない」

「どんなことならさせたんだ」

じっとりと睨まれて、とたんに居心地が悪くなる。田辺の行いの悪さを熟知しているくせに、岡村は、佐和紀が絡むと人が変わったようになってしまう。

「いやらしいことを想像しているから、岡村には言わない」

「はぁ？」

「それより、別の策を考えてくれよ」

「いまは無理だろ」

岡村は軽いため息をついた。

「西の動きが不穏だから。……忙しいときに、余計なことを言わない方がいい」

不機嫌な岩下ほど恐ろしいものはないのだ。まるで鼻をかむティッシュのように、大輔ごと悲惨な目に遭わされておしまいになる可能性も否定できなかった。

鬱々《うつうつ》とした気分になり、田辺は声をひそめながらフォークを握り直す。

「高山が割れるって話？　こおろぎ組にいた本郷《ほんごう》が、西からクスリのルートを引っ張ってくるって噂、聞いたけど。あんな話、マジなのか？」

「なに、それ。どこと組むんだよ……」

ありえないと言いたげに、岡村はワインを飲んだ。田辺も聞きかじっただけの情報だ。真偽はわからない。

グラスをくちびるから離した岡村が言う。

「あの男も無茶なことを考えるよな。どう考えても、逆恨みだろ」

本郷は佐和紀の古巣である『こおろぎ組』の若頭を務めていた。佐和紀が結婚する前に一度、こおろぎ組を離れ、結婚後に、身を寄せていた大滝組から戻っての人事だ。

こおろぎ組が本格的に衰退したのは、いまは大滝組若頭にまで出世した岡崎《おかざき》が、構成員のほとんどを連れて組を出たからだ。佐和紀は最後のひとりになるまで残り、組長が病に倒れたことで、仕方なく身売り同然に岩下のもとへ嫁いだ。

そのあと、こおろぎ組を離れていた構成員たちが舎弟を連れて戻った。その中に、本郷がいたわけだ。

以前よりも勢いを増したことが裏目に出たのだろう。欲を出した本郷は反岡崎派に与《くみ》して動き、岡崎本人と、その舎弟である岩下に潰された。

関東を追い出されて西へ流れたが、岡崎派への恨みを持ち続け、厄介ごとの火種を持ち込んでくる可能性は高い。

「おまえの大事な『佐和紀さん』が、悲しむんじゃないのか」

田辺の言葉に、岡村の背筋がスッと伸びる。

本郷は岡崎を追い落としたかっただけだ。こおろぎ組への不利益を望んだわけじゃない。佐和紀にとっては同じ釜の飯を食った仲間であり、情に厚い心中は穏やかでないはずだ。

しかし、岡村はさらりと答えた。

「そういう感傷は、本郷が組を出された時点で終わってると思う」

「意外に冷たいな」

新条佐和紀という人間は、もっと湿っぽい感傷を引きずるタイプだと思っていた。

「そういう人だ」

柔らかな口調で答えて、岡村はあごを引くようにして背筋を伸ばした。

岩下と結婚した佐和紀は、どんどん田辺の知らない人間になっていく。話を聞くたび、街で会うたび、頭の中にある佐和紀が上書きされ、知った姿と乖離《かいり》していくようだ。

田辺に対して金になる仕事はないかと尋ね、美人局でいいように扱われていた過去もすでに遠い。『新条佐和紀』は、確かに『岩下佐和紀』になった。

岡村の顔から視線をはずし、田辺は窓の外を見た。

秋の風に吹かれ、木立の葉が揺れている。

愛する者を見つけたとき、人は変化を強いられるのだ。自分より見劣りする相手を好むわけがないから、成長しなければ相手を振り向かせることも、気持ちを繋ぎ続けることもできない。

よりよく、よりしたたかに。すべては大輔のために、と心の底で繰り返し、田辺はくちびるを引き結ぶ。

岡村はほんのわずかに肩をすくめて言った。

「アニキに対して策を巡らせても無駄だろ、田辺。あきらめて、できる限り、法に触れないシノギに移行しろ」

現実的で、もっともな意見だ。しかし田辺は反応しなかった。受け入れたくない提案だから、聞かないふりで無視をする。

あきらめや妥協が最善策だとしても、大輔を相手に、みっともない姿は見せられないのだ。岡村だってわかっているだろう。同じ男だからこそ、絶対にカッコをつけなければ落胆させてしまう瞬間がある。

大輔と出会って田辺が変わったように、佐和紀との出会いで岡村は変わった。朴訥を装い、目立つことを嫌ってきた男が、いまでは仕立てのいいスーツをピシリと着こなし、大きなシノギを任されている。その経済力をもってして、これからの佐和紀を助けるつもりだろう。そうでなければ、日陰を好んだ男が表舞台に立つはずがない。

それは、恋と呼ぶだけでは足りないような感情だ。焦がれる想いと欲情を分別しても傾き続ける心に名前はない。まるで原始的な信仰のように、岡村は佐和紀を、田辺は大輔を、ただひたすらに想っている。

だから、相手によって変わっていく自分に戸惑うこともない。

翌日の体調を気づかって手を出せなかったり、週末の約束が待ち遠しくて日を数えてしまったり。以前の自分なら考えられなかったことが、新鮮な気持ちで胸の中に滑り込んでくる。

金を稼いで岩下に追いつくことだけがすべてだったのに。いまはもう、距離を置くことばかりを思案している。

田辺の人生の中心にいるのは、大輔だ。岡村が佐和紀を支えようとするように、田辺もまた、大輔を支えたいと思う。

そのためには、岩下から離れなければならない。いつどんなことに利用されてもおかしくない相手から距離を置き、大輔の心と身体と生活を守るのが願いだ。

いまとなってはもう、田辺が利用されても大輔を傷つけることになる。

前途は多難だ。付き合いの方法を間違えれば、岩下ほど恐ろしい相手はいない。

ため息をこぼしかけて、腹の底に力を入れた。

弱気になっても、事態は好転しない。人生の輪はいつだって、自分自身の手で回さなければ、振り回されるだけでなにも見えなくなる。

それを教えてくれたのも岩下だったと、色づく木立を眺めながら思い出す。田辺はひっそりとまつげを伏せた。

＊＊＊

「いや、だからさ。無理だって」

大丈夫だと繰り返す田辺の腕を、大輔は両手で掴んで引き止めた。

密《ひそ》かに指折り数えた週末がやってきて、どこに行こうかと田辺に相談され、思いつきでスーツを買いたいと答えた。デパートにでも行って、見繕ってもらえたらいいと考えた程度のことだ。

「『買いたい』って言ったんだ。『作りたい』じゃない」

「どっちも一緒だよ」

腕を摑まれた田辺は軽い口調で言い、逃げ腰になる大輔を引っ張る。

住宅街のはずれにある瀟洒《しょうしゃ》な洋館の中だ。一階はショーウィンドウを備えた店舗になっているが、奥の扉の向こうは未知の世界だ。オーダーメイド専用の部屋が用意されているらしい。

「無理、無理、無理」

大輔が必死になって首を振ると、さすがの田辺も弱りきった表情で足を止めた。

「……入ってみるだけなら？」

扉の前に控えた初老の店員が微笑みを絶やさずに言った。ＧＯサインが出るまで、ドアノブに手をかけて待っているつもりだろう。

「俺の安月給じゃ、買えない」

大輔は声をひそめた。心地のいいイージーリスニングが流れるフロアに客の姿はない。どうやって売りあげているのか、まったく見えない店だ。

しかし、置かれている商品もディスプレイもセンスがよく、こんなスーツの世界で生きられたらカッコいいと、大輔でさえ夢想してしまうぐらいに洒落《しゃれ》ている。だからいっそう怖《お》じ気《け》づく。庶民には手が届かない、夢の世界だ。

「そんなこと……」

金の心配をする大輔に、ニットジャケットを着た田辺が微笑んだ。手のひらが大輔の背に回る。店の中へ足を踏み入れたときと同じ、スマートなエスコートに騙されかけた。

「いやいやいやいやいや。今日は自分で買う、って」

田辺には先月も服を買ってもらったばかりだ。マンションの部屋に置いておくための普段着を一揃え見繕ってもらった。近くの居酒屋にも行けるような、カジュアルな服だ。

大輔が聞いたこともないブランドの商品で、普段着としては怯《ひる》むような値段だとあとで知った。ここは絶対にそれ以上だ。比べものにならないだろう。

ローンで買っても息切れしそうだと、大輔は弱りきって顔を歪めた。

「頼むから、吊《つ》るしを買わせて……」

すがるように田辺を見る。思わず涙目になってしまうのは、買ってもらうことの申し訳なさ以上に、こんなところで服をオーダーメイドする自分に想像が追いつかず、ともすれば自我が崩壊寸前になるからだ。間違いなく服に着られるし、いたたまれない気分だ。

「それでは、まずはこちらでお試しになってから」

扉の前に立っていた初老の店員が、やや苦笑を浮かべながらも店内を案内してくれる。

大輔は大慌てで追いかけた。田辺のそばにいたら、オーダーメイド用の部屋に引きずり込まれてしまうかもしれないからだ。

「仕事柄、あんまりキメてると、周りから浮くんで。ほどほどのものでいいんですけど」

「こちらなどいかがですか」

サッと取り出した一着を大輔に見せ、田辺にも視線を向けて伺いを立てる。

「大輔さん、羽織ってみたら」

さすがに試着までは断れず、大輔は薄手のセーターを着たままジャケットに腕を通した。

「あ、着やすい」

思わず声が出る。鏡の前まで移動すると、

「気になるところがあれば、手を加えますので」

田辺に対して説明している声が聞こえてくる。ボタンを留めたり、はずしたり、身体をひねったりしてみた大輔は、ふたりへと顔を向けた。

「すっごく動きやすい。これでいいと思うけど……。スラックスも試着していいですか」

ジャケットを脱いで渡すと、「もちろんでございます」と丁寧な答えが返る。それもまたくすぐったくて、大輔は首の後ろを掻いた。

手近なイスに腰かけた田辺が、大輔と店員のやりとりを眺めている。含み笑いで小首を傾げ、眼鏡《めがね》姿で長い足を組んでいるのがいかにも絵になっていた。

「そのデザインで、採寸してもらえばいいのに」

声をかけられ、肩越しに振り向く。

「あんまり高いと、着ていくのが怖くなるだろ。……これ、いくらですか」

店員へ尋ねると、値札をそっと見せられた。高額ではあるが、ちょっと背伸びをしたぐらいで、納得のいく価格だ。

安心した大輔は、心置きなくスラックスを試着した。小部屋から出ると、田辺と店員は店の中をぐるぐると回っていた。選び出された数着が、試着室のそばに置かれたラックに吊るされる。それぞれ微妙にテイストが違う。冬に着るのによさそうな厚手の一着もあった。

仕事中はスーツのこともあれば、作業着やジャージのこともある。部署の人間が着ているスーツはたいがい安物だ。それでも何着かは、ここぞというときのスーツを持っているらしく、大輔もそろそろ欲しいと思っていた。

勧められるままに何着も試着をして、普段の仕事でも重宝しそうな一着を選んだ。カチッとしたデザインではなく、街のチンピラにもバカにされない程度の遊び心のあるスーツだ。そういう一枚を探していた。時には刑事らしさを捨てて、ヤクザに寄せるのが組対の暴力団対策課であり、肩の力が抜けたカッコつけは、若いチンピラたちから一目置かれるための必須《ひっす》要素でもある。だからこそ、サジ加減が難しい。

冬用のウール生地に後ろ髪を引かれていると、田辺がさっとカウンターへ持っていった。

声をかける間もなく、一着の会計を済ませてしまう。断るタイミングを逸した大輔は口をつぐんだ。そして、もう一着の支払いは自分で済ませた。

ジャケットの袖とスラックスの丈を直してもらうため、二着のスーツはそのまま預ける。ふたりは手ぶらで店を出た。

「なぁ、フルオーダーでいくらかかるんだよ」

「いい買い物ができただろ？」

質問の答えは返らず、さらっとごまかされる。

大輔は肩をすくめ、それ以上は問わなかった。金額の問題よりも、いい買い物ができて嬉《うれ》しかったからだ。

ヤクザ社会に身を置く田辺だからこそ、若いチンピラの心を摑む刑事像を知っているし、そういう一着を選んでくれた。

「今度は、プライベート用の一着を作らせて。プレゼントしたい」

車を停《と》めてあるコインパーキングへ足を向け、大輔はあきれながら肩をすくめる。

「おまえは、本当にプレゼント魔だな」

「それぐらいしかできないから。いまのところね」

ふっと笑った田辺に見つめられ、大輔は意味もなく相手の腕を押した。足元がふわふわとしてしまう。

「なんにもいらないよ、俺は」

ぽつりと答えながら、角を曲がる。

三台だけ停められる小さなコインパーキングは、住宅街の中にあった。田辺が精算している間に、大輔は車に乗り込む。助手席でシートベルトを締めて待つ。

遅れて乗り込んだ田辺は、ごく当然のように、大輔が座る助手席へと身を乗り出した。あご先を促されて、くちびるにキスされる。こんなところで、と責めるように睨み、舌打ちしながら顔を背けた。首筋が熱く火照《ほて》っていることは大輔だけの秘密だ。

「どうする？　カフェにでも行こうか。煙草を吸いたいだろ」

上機嫌な声で問われ、大輔は窓の枠に肘《ひじ》をつく。車が動き出し、住宅街から抜け出した。

「煙草は吸いたい。コーヒーも飲みたい」

車が進む道をじっと見つめながら、大輔は普段の仕事を思い出した。

西島を助手席に乗せてハンドルを握ることが圧倒的に多い。でも、ごくまれに、西島もハンドルを握る。そんなときは、大輔が周囲に意識を配る。

その癖がプライベートでも出てしまう。違反車両を見つけたら、交通課でもないのに追いたくなるぐらいだ。

「なぁ、あや……」

ふたりのときだけの呼び名を口にして、大輔は前を向いたままで言った。車は大通りを進んでいく。

「別にさ、プレゼント攻撃してくれなくても、ちゃんとわかってんだよ。俺は」

「そういうことじゃないよ」

返事の素早さに、大輔は笑いながら振り向いた。ハンドルを握る田辺の視線がちらりと動く。

言葉と本音は裏腹だ。プレゼントで気を引くつもりがないとしても、贈りたくてたまらない田辺には、それでしか伝えられない気持ちがあるのだろう。

ふたりの未来のことを口にするのが億劫で、将来の不安をプレゼントで埋めているようなものじゃないかと、大輔は考えた。

ものをもらえば、素直に嬉しい。田辺からなら、そこに特別な意味を想像する。いつのまにか、そう思うようになった。

人と人の間には、言葉にはできない感情があって、うっかりすると受け取り間違えてしまう。男同士でも、同年代でも、ひとりひとりの考え方があるのだから当然だ。大輔にとってたわいもないことが、田辺にとって重要なら、軽く扱いたくはなかった。

もう、誰かを不安にさせたくない。ましてや、本気で惚れた相手だ。

そう思った瞬間、大輔は自分の口元を手のひらで覆った。

全身が燃え立つように熱くなる。くちびるがかすかに震えて、こんな一瞬に、自分の本気を実感した。

ふいに理性が霧散して、心臓がバクバクと激しく動き出す。

戸惑いながら視線をさまよわせ、田辺の横顔を見ることができずに視線を車窓へ向ける。息が詰まって、胸が苦しい。大輔はなにも考えず、呆然《ぼうぜん》と浅い息を繰り返した。

昼下がりの大通りは人出もよく、にぎやかな活気に溢れている。

「クリスマス、なにかしたいことある？」

いきなり言われて、驚いた。大輔の異変に気づいていない田辺の口調はいつも通りに穏やかだ。

「え？　まだ二ヶ月あるだろ……」

目を丸くして答えると、赤信号で停車した田辺の手が、チノパンを穿《は》いた太ももへ伸び、そっと押し当たった。かすかな体温が触れただけなのに、大輔の心臓はおおげさに飛びあがる。

まだ田辺への気持ちに翻弄《ほんろう》されたままだ。肌が火照り、くちびるが震えそうになる。とっさに顔を歪めたが、それを否定的に受け取った田辺の目に陰が差す。

不安にさせたくない相手の、一番、見たくない表情だ。大輔は慌てて手を振った。

「いや、違うから。……約束したくないとか、どうでもいいとか、そういうんじゃなくて」

言葉を探しながら言い訳を並べ立てる。しかし、弁解はうまくいかなかった。視線で助けを求めたが、いつもならスッと出される助け船が、今日に限って出てこない。

慌てふためく大輔の言葉を聞いていたいのだろう。

それとも、先が見えない関係を棚にあげて、いまだけでもいいから、恋人ごっこをしていたいと思っているのかもしれない。

二ヶ月先のクリスマスが関の山で、それ以上の約束なんて、なにもできないふたりだ。けれど、許されない関係に燃えるような年齢でもない。互いの本音に触れたと感じるたびに、明日のその先の、見えない未来を考えてしまう。

田辺はどうかと真相を尋ねたところで、嘘が上手い相手だ。本当のことは隠される。だからこそ、わずかにふれる本音が大輔の心を戸惑わせる。うまく真実へたどり着き、田辺を安心させてやれないかと考えるからだ。

男女だったなら『結婚』を口にできたかもしれない。実際に籍を入れなくても、心だけは夫婦だと約束をして、ふたりの関係に名前をつける。

田辺は、そういう約束を欲しがるだろうか。

どうだろうと思いながら、大輔は自分の膝に乗った手を掴んだ。ぎゅっと握りしめて、指を絡める。田辺の指も絡んできて、心臓が鷲《わし》掴《づか》みにされるような心地に襲われた。

痛みを伴った感傷は、どこまでも甘い。

結婚したときも、する前も、どんな女と付き合っていたときも、こんな気持ちにはならなかった。ただ、初めて恋をしたときに、ほんの少し、感じていたような気がする。

女を知らず、まだ少女だった同級生を、純粋な気持ちで好いていた。手を握っても、キスさえできなかったもどかしさを思い出し、大輔は笑いをこぼした。

伊達《だて》眼鏡をかけた田辺が不思議そうな表情を浮かべる。

このままでは、いつか別れがくる。そのことを田辺は知っていて、あえて口にしないのだと大輔は悟った。

未来への不安と苦しさを隠して、自分ひとりで背負うつもりでいるのだ。

優しさだが、ひとりよがりでもある。

「俺は、温泉、行きたいな」

田辺の手をにぎにぎと繰り返し摑み、大輔は適当なことを言った。

「クリスマスでなくてもいいけど。休みがどうなるか、まだわからないし。……だから、今年はおまえの部屋がいいよ。近所でメシ食ってさ。あ、ケーキをホールで食いたい」

思いつきがこぼれ出て、ことさら明るく笑う。大輔の本心は別のところにあった。言いたい言葉も、ほかにある。でも、飲み込んだ。

ひとりで恋をしているような、そんな気持ちにならないで欲しいと、そんなことを、どんな顔で言えばいいのかまだわからない。

大輔も男だから、田辺の気持ちは理解できる。互いの立場を守りながら、この関係にも責任を持っていたいのだ。その行為が田辺の不安を打ち消すなら、訳知り顔でその役目を取りあげることはできない。いまはただ、なにも知らないふりをするだけだ。

わかりやすい形としての贈り物を受け取り、デートを繰り返し、勇気を振り絞ってキスを仕掛ける。いまはそれでいい。

けれど、どちらかが立場を変えなければ、この関係は続けられない。続かないだろう。

いま、田辺は詐欺の仕事を止めている。詳しいことを尋ねないようにしているが、動きを見ていればわかってしまう。それもいつかは再開することになる。情報を交換するだけの関係なら詐欺行為に目をつぶれたが、こんな関係になってしまっては心苦しい。

できれば、法を破ることはして欲しくない。ふたりの関係が真剣になればなるほど、大輔の願いは大きくなる。でも、無理だろう。

信号が変わり、車が走り出す。大輔は、田辺の兄貴分である岩下の顔を思い浮かべた。冷徹な男だ。大輔のせいで田辺が足抜けするとなったら、どんな嫌がらせをしてくるかもわからない。想像するだけで鳥肌が立ちそうになり、目を伏せた。

眠くなったふりを装う。

考え出せば、どん詰まりの未来しか想像できない。

そもそも、刑事をしながら、ヤクザの恋人との関係を続けていけるだろうか。身も心も悪徳刑事になってやり過ごしていくことになるが、処罰の対象になれば、警察官だった亡父の経歴にまで泥を塗ることになる。

善と悪の境を考え始めると、大輔の気持ちは重く沈んでしまう。かつては、行き詰まった夫婦生活の苦しさが免罪符だった。そして、情報源としてのドライな関係。そのふたつによって、大輔はヤクザとの肉体関係を受け入れ、自分の正義感に弁明することもできた。

これからは、いっそう難しくなるだろう。

田辺を求めるほどに、大輔は自分の正義感を削らなければならない。そして、西島から忠告されたように、ヤクザ側の協力者として引き込もうとしてくる岩下の策略にも気を配る必要がある。

「大輔さん、寝ちゃった？」

田辺の手が、するりと離れていく。

「いや、起きてる。温泉いいな、と思って」

大輔は自分から手を伸ばして、田辺がしたように相手の太ももに触れてみた。肉の感触を思い出し、胸の奥がじんと痺《しび》れる。

ほんのわずかに性的だが、そればかりじゃない。

もう、離れられないと、心の底から実感する。好きで、好きで、好きで。ただ一緒にいたいと、別々に過ごしているときもずっと考えている。

同じ家に帰って、くだらない愚痴をつまみに晩酌をして、同じベッドで眠って、ほんの少し愚痴が過ぎて悪かったなと後悔したい。それから夜中に目が覚めて、トイレに行って戻って、ひっそりと寄り添ってみて感傷的になる。なのに、朝になったら相手の腹に足が乗っていて遠回しな文句を言われるのだ。

そういうことを、延々と繰り返していたい。

「どこに行こうか。行ってみたいところ、ある？」

田辺に聞かれて、横顔を見つめた。

「おまえの行きたいところ」

「……かわいいこと、言って……。運転してるんだから、悩殺するな」

「バカか」

短く息を吐き出して笑う。太ももに置いた手をぎゅっと握りしめられて、嬉しくなることもくすぐったい。

いままでずっと、田辺に守られてきた。

誰にも手出しをさせまいと、ひとりで罰を受け、リンチに耐え、ケガをしてでもかばってくれたのだ。もう、そんな目には遭わせたくない。

守ってもらったからじゃない。恩返しでもなければ、男の意地でもない。田辺は心身ともに頑丈な男だけど、大輔にとっては惚れた相手だ。できる限り、守ってやりたいと思う。

それは自分のためでもある。田辺が傷つけば大輔も傷つく。ふたりはもうひとつの人生だ。離れられない以上は、そういうことだと、大輔は納得する。

「あや、おまえはなにがしたいんだよ。クリスマス」

そう尋ねながら、大輔は心を決める。

自分の経歴と父親の経歴が汚れる前に、潔く警察を辞めよう。

すんなりと、そう思えた。刑事という利用価値が消えれば、岩下の思惑からも逃れられるはずだ。

「俺は……」

田辺がハンドルを切った。車は静かに右へ曲がる。

「大輔さんがいてくれたら、それで……」

「へー、エッチしなくても？」

わざとにやにや笑い、意地の悪いことを聞く。

「それはもう大前提だから。違うの？」

田辺の切り返しも意地悪だ。それがたまらなく色っぽく思え、大輔の胸は静かに疼き始める。

「まぁ、なぁ……」

明言を避けながら、大輔は指先を動かして、田辺の手を掻いた。淡い愛撫《あいぶ》に、田辺の運転が一瞬だけあやしくなる。

「絶対、事故るなよ」

慌てて手を離し、大輔は鋭く釘を刺した。

＊＊＊

サラリーマンで溢れる場末の居酒屋は、焼き鳥を焼く炭火の煙と客の吸う煙草の煙が充満して、空気がうっすらと白い。

酔って話す男たちの声は大きく、バカ笑いまで重なって、いつも通りに騒がしかった。

大輔の向かいに座ったほろ酔いの西島が、手元の猪口《ちょこ》へ日本酒を注《つ》ぎ足す。仕事上がりに一杯、と誘ったのは大輔だ。

追加で頼んだ串《くし》がどっさりと届き、大輔は生ビールのおかわりを頼む。

「今日はやけにおとなしいな。相談でもあったのか」

焼き鳥の串を横向きにしてかじりついた西島が言う。大輔の視線はテーブルの上をさまよった。そうしているうちに生ビールのジョッキが届く。ぐっとあおって喉へ流し込む。息を吐いたが肩の力は抜けず、見かねたように西島が口を開いた。

「安原《やすはら》んとこの誰かに嫌味でも言われたか？　あいつらはろくなルートがないから妬《や》いて

んだよ。楽なことばっかりやってて、ネタが稼げるわけないだろ。なぁ」

同意を求められ、大輔は西島に視線を返した。しかし、西島はぐいぐいと日本酒を飲み、フロアを眺めている。視線が合えば切り出しづらくなるのに、合わなくても、話のきっかけが掴めない。

糸口を探している大輔は寡黙になり、西島はさらに続けた。

「身体張ってるなんて嫌味は聞き流せよ、大輔。あいつらだって本当のところは知らないんだ。知ってるわけがない。……相手が岩下の舎弟だから、男にも手を出すだろうってな、適当に言ってるだけだ。あてずっぽうなんだよ。だから、挑発には乗るな」

顔を背けたままで話すのは、西島が『本当のところ』を知っているからだ。大輔が話したわけじゃない。それとなく知られ、否定していないだけだ。

ほどほどの付き合いにしておけと言われたことを思い出し、大輔はぼんやりとうつむいた。消えかけたビールの泡を眺め、右の奥歯を少しだけ噛みしめる。

「それはそうと、大輔。アレのツテで、もう少し組に食い込んでいるヤツを紹介してもらえないか」

「岩下の舎弟じゃない組員ってことですか」

「そうだ。アレのシノギは、薬物《あっち》から遠いだろ。事情を知ってそうな相手を押さえておきたい」

「……無理ですよ」

摑んだジョッキをテーブルに戻し、ねぎま串へ手を伸ばす。

西島の言うアレとは田辺のことだ。新しい情報源を得て、大輔との関係も終わりへ持っていくつもりでいるのだろう。西島は引かなかった。

「知り合いの知り合いを探せば、二次・三次団体の中に、関わってそうなのが出てくるはずだ」

本気の顔つきで要求してくる。確かに、詐欺をシノギにしている田辺は大滝組の中枢からは遠い。重宝しているのは、飛び抜けて繋ぎを取るのが難しいと言われている岩下の舎弟だからだ。二次・三次団体が関わっている薬物関係の情報となると、やはり具体性に欠けてしまう。

田辺の知り合いの構成員を繫ぎにして、めぼしい人物を押さえておきたいと思うのは当然のことだ。情報を得ようと思うならなおさら、事件《こと》が起こる前に親しくなっておく必要がある。付け焼き刃の関係はガセネタを摑まされるだけだ。それを大輔に教えたのも西島だった。

「……なんだよ、嫌なのか」

西島がふいに笑い、大輔の顔を覗き込んでくる。

答えられず、大輔は相手を見つめ返した。

笑っていた西島の目が真剣になり、やがて険しいものになっていく。
「大輔。おまえ……」
なにかを言いかけて、西島は肩を引いた。酒を飲み干し、傾けた一合瓶が空になってい
ると気づいて店員を呼びつける。新しい一合瓶から酒を注ぎ、くちびるを潤す程度に飲む。
「別れた嫁の件は、心配しなくていい」
苦々しく言われ、大輔は小さく息を吸い込んだ。その反応に気づかず、両肘をテーブル
についた西島は髪に指を差し込んで話し続ける。
「もう終わった相手だ。いまさら、誰にも文句は言わせない」
強い言葉でかばわれ、大輔の心は塞《ふさ》いだ。いまさら、そんなことに気を回されるとは考
えてもみなかった。元嫁が初期の薬物中毒だったことは、警察官としては不祥事の範疇《はんちゅう》
に入る。だからといって、部署の人間に知られて困ると思ったことはない。事実は事実だ。
たとえ離婚の原因が薬物だと勘違いされても、嫁側に結婚以前からの本命がいたと知ら
れるよりはマシだろう。もしも、夫婦間の問題が薬物だけだったなら、大輔はまだ結婚生
活を維持しようと躍起になっていたはずだ。それが互いを潰し合うデスゲームに過ぎない
とわかっていても、責任を放棄して終わらせることは難しい。
「田舎に戻ったんだったか」
西島に問われ、大輔は気を取り直した。

「一度は実家のある長崎へ戻ったんですけど、福岡だったか、佐賀だったか……、向こうの方で店をやってるって」

「新しい男と」

「元からいたんですよ。それとくっついて、子どもも生まれたばっかりだ。……未練で調べてるわけじゃないですよ」

詳しすぎると思ったのだろう。西島はぽかんと口を開く。大輔はじっとりと睨み返した。

「俺の母親とまだ仲がいいらしくて、そっちに報告がいくから。それを逐一、聞かされてるだけで……」

「おまえの子じゃないのか」

「別れて何年だと思ってるんですか。生まれたのは今年だし」

「そうか」

「そうです。……部署の人間に知られても、本当だから仕方がないと思ってます」

元嫁が薬物に手を出した事実は消せない。彼女のSOSをほったらかしていた大輔にも落ち度はある。やり直すきっかけなら何度もあったと、いま考えればあれこれと思い当たった。しかし、お互いの心に別の人間が棲《す》んでいる状態では一生かけてもすれ違い続けたはずだ。秘密の恋を胸に秘めて想い合うようなふたりじゃなかった。

大輔のドライさに安心したのか、西島は顔をにやりと歪めて笑い、酒を口に運ぶ。

「沢渡組《さわたりぐみ》が関係してた場合、名前が出てくる可能性はあるから、そこは覚悟しとけよ。まぁ、叩かれてホコリの出ないヤツなんかいない部署だ。おまえだけじゃないってことは忘れるな」

手柄を争っている安原のチームも、情報収集には危ない橋を渡っているのだ。

「西島さんも、あるんですよね」

「ないわきゃねぇだろ。叩きあげは、泥まみれって決まってんだ」

「ですよね」

軽い口調で答え、大輔はビールを飲んだ。ジョッキをテーブルへ戻す。

「いつか、聞かせてくださいよ。辞めたときにでも」

声と言葉に感傷が滲《にじ》み、大輔はいましかないと思う。

目元を歪め、胸をえぐるような痛みを押し殺した。

「俺はもう……」

「言うな」

言葉が遮られる。いつになく真剣な目をした西島は憤りさえ見せず、冷静そのもので首を振った。

「まだ早い」

「……にっちもさっちもいかなくなってからじゃ、遅い」

大輔は言い返した。田辺の顔が脳裏をよぎり、覚悟を決める。西島に向き合い、視線を受け止めた。臆《おく》する気持ちはない。

「大輔。おまえが心配してるのは、元嫁じゃなくて、いまの男か」

あきれきったため息は重く尾を引く。それでも大輔は怯まなかった。

「あいつは動かせない。期待は……」

「じゃあ、終わりにしろ」

ばっさりと切り捨てられ、大輔は無表情になる。西島を見ると、顔から冷静さが失われていくのがわかった。

さっきまではなかった怒りが燃え始め、殴られるんじゃないかと思う。

「なに、本気になってんだ。相手は男だぞ」

睨み据えられる。大輔はくちびるを引き結んだ。返す言葉は見つからない。それでも、田辺を組から動かせば、問題が生じる。相手は岩下だ。どんな代償を支払うことになってもおかしくなかった。

「……嫁のことがあったからか。乗り越えたと思ってた」

西島が額を押さえてうつむく。あのとき、潰れるかもしれないと思っていたのだろう。それぐらい、倫子の裏切りは手酷《てひど》かった。

薬物と浮気。しかも売人が相手だ。あげくに本命は別にいた。

「あれだって、田辺がぜんぶ、かぶってくれた」

「それがヤクザのやり口《あっち》だ。知ってるだろ。ケツの青いガキみたいなことを言ってくれるな。……一緒に偉くなろうって、言っただろ」

西島の声がかすかに震える。含まれているのは怒りだけじゃない。気づいてしまった大輔は戸惑った。

「大輔。誰だって初めから完璧《かんぺき》じゃない。周りに足を引っ張られたり、つまずいたり。そうやってベテランになっていくんだ。……いま辞めたら、おまえの今まではなんだったんだ」

西島の言葉は、いちいちが胸に沁みる。交番勤務から始まり、父親の夢でもあった刑事になったとき、どれほど誇らしい気持ちになったか、わからない。

そういったことが、感傷的に押し寄せてくる。

「……墓の中の親父《おやじ》さんに、なんて報告するつもりだ」

心を見透かされ、大輔はため息をついた。不思議と感傷が薄れ、乱れかかっていた心が凪《な》ぐ。想いはもう定まっている。

「俺は刑事になった。親父の夢はもう叶えた」

「自分の望みじゃなかったって、そう言うのか」

「……西島さんは、なんのために刑事をやってるんですか」

まっすぐに投げ返した言葉のボールに、西島は驚いたように目を丸くした。ふたりの間に沈黙が流れ、西島からの答えはない。

「偉くなるためですか。それとも金のためですか」

「……脅されてるわけでもなさそうだな」

「脅されたぐらいで辞めません」

田辺の裏で、岩下が糸を引いているとでも考えたのだろうか。ありえる話だ。

でも、いまは違う。すべて、大輔の意思だ。

「脅してくる相手がいるとしたら、俺が仕事を辞めて困る連中ですよ」

「だから、だ……」

西島の表情はころころ変わった。大輔の本心を摑みかねて、あぁでもない、こうでもないと、現実をこねくり回しているのだろう。

ただ好きだから、そばにいたいから。そんな理由で、まるで寿退社でもするように辞職するわけがないと思うのは当然だ。

「やめろ。ばかばかしすぎる。あんなヤクザのために、おまえの人生を棒に振るのか。好きだ嫌いだなんてのは、一瞬のものだ。仕事を捨てるな。自分を見失うことになるぞ」

西島が身を乗り出す。その瞳に映る自分を、大輔はまっすぐに見た。

冷めていると思う。自分の決断の正当性を訴える情熱もない。これは決定事項だ。揺るがない決意だ。そう思っていることが、西島をいっそう焦らせている。

大輔は、自分の気持ちを省みた。

否定されるほどに意固地になる子どものようだろうか。それとも、止められるほどに燃え上がる禁断の恋に溺《おぼ》れているのか。

なんでもいいとか、どっちでもいいとか、そんな適当な想いはなかった。

田辺を悪《あ》しざまに言う西島に対しての憤りも感じない。

あの男が詐欺師なのは事実だ。もしも騙されているとしたら、もうそれでいい。田辺に金を巻きあげられたマダムたちのように、大輔もまた、田辺のすべてを信用している。騙されたとわかっても憎めない。

そう思う一方で、騙されていない自信があった。

田辺はもう以前の彼じゃないから、それが大輔だけにはわかるから、信じている。

壊れ物を扱うようにちやほやと愛され、あれこれとかいがいしく面倒を見られ、田辺がどれほど、ふたりのこれまでを悔やみ、新しい関係の終わりに神経を尖《とが》らせているのかを知っている。

わからない大輔なら、恋には落ちなかった。好きにはならなかった。

男同士だからこそ、快感だけが好意の理由じゃない。

「西島さん。あいつはもう、じゅうぶんなほど、俺のために身体を張ってきた。岩下が俺に手出しするなら、あいつは刺し違えてでも……。だから、そんなこと、させられないんです。もう、して欲しくない。こんなこと言いたくないけど、ヤクザだって人間ですよ。国家権力が踏みにじって許される人権があるとは思えない」

「……バカか」

西島はぐったりとうなだれた。舌打ちを何度も繰り返し、短い髪を掻きむしる。

「俺は、おまえに期待してる……。だから、『そこ』を乗り越えてくれ」

うなだれ加減に大輔を見あげた西島の目は、赤く充血していた。若い頃に、誰でも一度は通る道なのだろう。

真剣に取り組むほどに、警察と法律は矛盾する。『一般市民』の安全のために、そこに本来含まれているはずの人間を『指定暴力団』と規定しなければならない。ヤクザのすべてが罪を犯すわけじゃないとわかっていて、生きる権利も奪うようなやり方で追い込む。結果、ヤクザの犯罪は減るが、元ヤクザの犯罪は減らない。

違法と合法の狭間で危うく生きている人間たちだ。行き場を失えば、違法に手を染めるしかない。どんなきれいごとで塗り固めても、足抜けしたあとのフォローは行き届かないのが現実だ。この矛盾は組対だけのものじゃなく、警察官なら多かれ少なかれ、ほとんどの人間が感じているものだ。裁くべき相手を捕まえられず、情状酌量の余地がある人間が裁かれる。

西島も思い悩み、清濁飲み合わせて、職務に打ち込んできたのだろう。警察の正義だけが、この世の正義だと、そう思わなければ乗り越えられない修羅場ばかりの世界だ。うっかり弱気になれば、自分の心がやられる。

「……親父さんを引き合いに出して悪かった。卑怯《ひきょう》だった」

西島は急に頭をさげた。言いたいことを飲み込んだのか、眉を引き絞って身を震わせる。

「おまえの気持ちはわかった。でも、いますぐに辞表を出すわけじゃないよな」

「……ない」

「うん、わかった。ひとまず、預からせてくれ。……それでいいか」

「すみません。よろしくお願いします」

大輔は立ちあがり、深く一礼した。それから、荷物を引き寄せる。

「今夜は俺に奢《おご》らせてください。俺、西島さんと組めてよかったって思ってます」

ほかの刑事だったなら、こんなに赤裸々に話すことはなかった。背を向けるように辞職して、それきりだったかもしれない。

「まだ飲んで帰るから、払わなくていい」

テーブルに吊るされた伝票を、西島は素早く隠した。

「それからな、大輔。これで終わりみたいなセリフを吐くな。明日もいつも通りの調子で来い。おまえと違って、俺は独り身だ。これ以上わびしくさせるんじゃねぇよ」

西島はニヤリと笑い、犬にするような手振りで大輔を追い払いにかかる。もう一度頭をさげ、大輔は居酒屋を出た。

汗ばむほどだった店内に比べ、夜風は染みこむように冷たい。秋を越えて、一飛びに冬が来たような夜だ。腕に抱えたジャケットに袖を通し、大輔は居酒屋の入り口を見た。

心の整理が、ひとつ、つく。

おまえだけの俺になると言ったら、田辺はどんな顔をするだろう。そう考えながらうつむき、居酒屋に背を向けた。

なかなか晴れやかな気持ちにはなれないが、胸の奥はじんわりと熱い。ふたりの仲が一時期の情熱だとしても、それでも、大輔は約束がしたかった。

田辺からもらった、これまでの優しさと、田辺が負った、これまでの傷。すべてを償うには、まだ足りない。

確かな足取りで家路をたどり、胸の奥深くに住み着いた男を想う。明るく華やかなものばかりが幸せじゃない。しっとりと舞い降って、溶ける前に積み重なっていく幸せもある。

前の結婚ではついに感じなかった想いに気づき、大輔は拳《こぶし》を握りしめる。胸が熱くて、涙が滲む。

誰かを幸せにしたいと猛烈に願う。『世界中を敵に回しても』なんて使い古された言い回しだ。でも、それはきっと、こんな情熱に違いない。

これが大輔の正義だ。田辺だけを守れたら、なにを失ってもいい。間違った決断だとしても、こんなに燃えることは二度とないと思えるから。

いまを、田辺と生きていたかった。

＊＊＊

差し出された書類を田辺が受け取ると、グレイッシュなヘアカラーをした若い男はほんの少しくちびるを尖らせた。

「もう少し頑張ってみるのって、ダメっすか」

「ダメだ。その話は、もう済んだ」

オフィスビルの高層階だ。背後に夜景を背負った田辺は、くちびるの端を歪めた。デスク越しに立っている男が前のめりに傾く。

「済んでないッス。あれは田辺さんが俺をぐだぐだに酔わせただけじゃないッスか」

「酔うのが悪いんじゃないッスかぁ」

いつまでも若者気分の抜けない口調を真似《まね》すると、数年前に拾い、仕事の相棒として育ててきた芝岡《しばおか》は不満げに頬を膨らませた。外ではオラオラといきがっているくせに、田辺の前に出ると昔のままだ。

これでも、田辺の右腕としてはそこそこ有能で、詐欺の片棒をあれこれと担いでくれる。組には属していないが、チンピラや悪い一般人のツテも豊富だ。

「この案件は、ここまでだ。ペンディングしてるのも含めて、クローズに入ってくれ」

「まじッスか……。田辺さん、やっぱり長期の休みに入るんですか」

「それも忘れたのか」

話をしたのはキャバクラのＶＩＰルームだ。田辺が思うよりも酔っ払っていたのだろう。

「ここも畳むし、しばらく潜るつもりだ」

活動しない期間は今までも作ってきた。田辺の仕掛ける詐欺は相手を選ぶし、準備に時間もかかる。

潜っている間にやっておくことは、金を持っている人間との新しい人脈作り、それから流行に乗った新しい仕掛けを考案して用意することだ。条件が揃った段階で一気に動き、ある程度儲けたら、また潜伏に入る。

もう少しやれると思う手前で止めるのが肝心だ。

「辞めるわけじゃないですよね」

重役デスクの前に立つ芝岡が、苦々しく顔を歪めた。

「岩下さんと距離を置いてんのって、組を抜けるからッスか」

「誰から聞いたんだ、そんなこと」

「聞いたんじゃないッス。自分の頭で考えて……」

どんどん声が小さくなる芝岡を見あげ、田辺は書類をテーブルのトレイに置いた。

「稼ぎたいなら、グループで動いてるのを紹介してやろうか。自分でも仕掛けていくつもりがあれば、勉強になる」

田辺の言葉を聞いた芝岡は、いよいよ拗《す》ねてくちびるを尖らせた。

「俺にも、説明してくれないんスか」

「なにをだ。……知らねぇよ。説明することがなにもない」

両手を開いてみせると、

「足抜けなんて、できるんスか」

もごもごと頬を動かして視線をさまよわせる。

不穏なことは口にしたくないのだろう。察した田辺は眼鏡を指で押しあげた。

「ただ、しばらく休むだけだ。稼げるネタはあらかたやり尽くした」

「……距離を置いてるんスよね？　置かれてるわけじゃないッスよね」

「ん？」

言葉の微妙な違いに首を傾げたが、芝岡の言いたいことはすぐに理解できた。思わず笑ってしまう。芝岡が心配しているのは、岩下から距離を置かれた田辺が干されることだ。もっと言えば、痛めつけて捨てられはしないかと恐れている。

これまでも大輔絡みでは、散々に痛めつけられた。骨が折れたり、入院したりしたことも芝岡は知っている。

「俺が殺されるとでも思ってるのか。……バカだな。ほんと、バカだ」

繰り返しながら、こいつはひとりで生きていけるだろうかと不安になる。しかし、考えても無駄だ。世話をするために拾ったわけじゃない。単なる手伝い要員だ。

そう割り切って、芝岡を見た。

「そんな面倒なことはな、もうやらないんだよ。いまどきは。……余計な心配をしてないで、きっちりクローズしろよ。失敗したら、捕まるのはおまえだからな」

「俺は別にいいッス。捕まったって、田辺さんのことは一切言いません」

「どうだかな」

笑っていると、田辺の携帯電話がテーブルの上で震えだした。軽く一礼して退室する舎弟の背中を視界の端で見送り、携帯電話を引き寄せる。大輔だろうかと考え、心が弾む。

しかし、確認した画面に表示されている文字は別人の名前だった。大輔の偽名でもない。わずかな落胆を覚えながら田辺は眉をひそめる。珍しいナンバーからの着信だ。

重役用のどっしりとしたイスに座ったまま、座面を回して夜景へ向かう。電話に出ると、低い声が聞こえた。相手は、大輔の先輩刑事・西島だ。

『話したいことがある。出てきてくれ』

ご機嫌伺いから始まるとは思わなかったが、それでもいきなりの要求だ。田辺はそっけなく答えた。

「無理です。話があるなら、このままお願いします」

『少しでいい。場所も、そっちに任せる』

いつになく食い下がられて、罠《わな》だろうかとまず警戒する。それとも、以前のように、大輔の身に危険が迫っているのだろうか。

「電話で済まない話は持ち込まないでくださいよ。困ります」

『大輔のことだ』

「なおさら電話でいい。このこと、三宅《みやけ》さんは知ってんの？」

口調を変えて問う。

大輔の名前で一も二もなく出かけてくると思っているなら癪《しゃく》にさわる。

「三宅さんの不利益になることは協力できない。ほかを当たってくれ」

『あんたのオフィスの下にいる』

いきなりのことに、田辺は思わず天井を仰ぎ見た。

「本当に三宅さんのことなんですか」

『そうだ。おまえを罠にはめようとは思ってない』

声の調子からして、特別に焦っているようではない。一刻を争うほどの危機的状況にあるわけではないのだろう。大輔自身も無事だと考え、田辺はのらりくらりと言葉を返した。

「どうやって信じたらいいんでしょうかね。あんたと俺の仲で」

『大輔から、おまえとのことを相談された。……兄貴分と揉めてるのか？　問題を抱えてるなら、俺にも聞かせておいてくれ。……あいつを守れなくなる』

西島の声は真剣そのものだ。深刻ですらある。

悪い想像しかできず、田辺は片手で目頭を揉んだ。落ち着こうと努力して、電話の向こうに答えた。

「……わかった。今から言う店で落ち合いたい。俺はタクシーで向かうから」

夜景の中に映り込んだ自分を眺め、店名を教えて電話を切る。そのまま、店に電話をかけて個室を押さえた。繁華街にある高級ラウンジで、ＶＩＰルームだけは表からも裏からも入れる店だ。

開店資金のいくらかを援助しているので、こういうときには融通が利く。

呼んだタクシーが到着するまでの間に帰り支度を整え、フロアにいる芝岡に退社を知らせた。

パソコンを置いたデスクが並ぶ広いオフィスはフェイクだ。大きなセットに過ぎない。人の出入りでさえ、芝岡が雇った知り合いが社員のふりをしているだけだった。

オフィスを出てタクシーで移動した田辺は、指定した店の裏口から中へ入る。

店のママに出迎えられて、個室へ案内された。すでに到着していた西島の相手をしていた女の子も下がらせて、酒とつまみだけを用意してもらう。

「悪いな」

ふたりきりになると、西島が低い声で切り出した。

十人ほどで使う設計の個室は壁に沿ってソファが置かれ、カラオケセットと小さなステージがある。田辺がソファに座ると、西島はテーブル越しのスツールに移動した。仕事帰りのスーツ姿だ。

髪は短く刈りあげられ、ヤクザ顔負けのいかつい顔をしている。人のことをじっと見つめておきながら、西島は居心地悪そうに水割りのグラスを掴む。

ぐっと飲んで、肩を落とした。

「あいつを騙すのは、おまえにとって簡単なことだろうな」

「いまさら、そんな話ですか」

田辺は静かに笑い、自分のためのスパークリングワインを引き寄せた。外は高級ワインのボトルだが、中身は白ブドウの炭酸ジュースだ。アルコールはほとんど入っていない。それをさもワインのような素振りでフルートグラスに注いだ。

「いろいろと世話になったことは知ってる。感謝もしてる」

「あんたから礼を言われる筋合いはない」

田辺はきつく言った。西島のような男がへりくだっているときは要注意だ。耳触りのいい話をしに来たわけじゃないだろうと、田辺はいっそう警戒する。

「はっきり言えばいい。俺と岩下の関係がどうなってるのか、気になるんだろ？」

「そうじゃない。いや、そうかもしれない……」

「わけがわからないな。さっきはそう言ってただろ」

電話での会話を示唆すると、

「……大輔は、ゲイじゃない」

西島は前置きもなく言った。水割りのグラスを両手で持ち、うなだれる。

「あいつは普通の男だ。普通すぎるぐらい普通の、どこにでもいるような男だ。知ってるだろう。父親の果たせなかった夢を追って刑事になったんだ。結婚するのが普通の人生だから相手を選んで。バカ正直に、普通なんだ」

「そうかな」

フルートグラスを摑み、田辺はソファにもたれた。

西島が口にしているのは、大輔の一面に過ぎない。そして、普通の人間だと、田辺を納得させたいだけだ。

「おまえにはどう見えてる。あいつをどんな人間だと思ってるんだ」

西島が振り向き、田辺は片眉をひょいと動かした。

「特別だ」

そう答えると、西島の眉根が苦しげに引き絞られる。気にせず、田辺は続けた。

「……正義感が強くて、いつもなにかを守ろうとしてる。自分の力を試すことに躊躇がなくて、いまより一歩でも先に進もうとする。強がってるけど、弱くはない」

けれど、強くもない。大輔は、ひとりで立ち上がれない男だ。かといって、もたれていなければ立てないのでもない。

誰かのためを思うときにだけ力の出るタイプで、まっすぐすぎるほどまっすぐだ。

「田辺。あいつから、手を引いてくれ」

西島から懇願されても、田辺は驚かなかった。

いままでだって、ほどほどにしてくれと釘を刺されてきた。そのたびに、のらりくらりとかわしてきたのだ。

「なにがあったんですか。三宅さんが、いったい、なにを相談したんです」

「……おまえを守りたいって言われた。そんな必要はないだろう。おまえは男だし、岩下の舎弟だ。あの男の下に、いるんだろう？」

改めて問われ、田辺は真顔になった。感情のいっさいを隠して西島を見る。

しかし、西島は本心を隠そうとせず、大事に育ててきた後輩を奪われまいと、必死になっている。

「三宅さんから引導を渡されない限り、俺は別れない」

回答を予測していたのだろう。西島は水割りを飲み干して、グラスをテーブルに置いた。自分でおかわりを作る。

田辺と大輔が肉体関係にあることを、西島は以前から知っていた。気づきながらも、情報を得るために見て見ぬふりをしてきたのだ。それをいまさら解消させようとするのは、続けることで不利益が出るからだろう。つまり、ふたりの関係が、情報交換のための肉体関係を超えたと、大輔が打ち明けたのだ。田辺はそう、予感した。

「あの人に守られるつもりはない」

田辺の言葉に、西島は首を振る。

「あいつは、いままでの分もおまえを守るつもりだ。……でも、それだけじゃないんだろう。おまえを通じて、別の情報提供者を探せと言ったら断られた。おまえのことも利用するつもりはないらしい。じゃあ、どうなるんだ。おまえとあいつの関係は、どうなる」

「……あの人が女なら、結婚を申し込む、かな」

「じゃあ、おまえがヤクザをやめろ。男同士だってだけなら、どうにかできる。でも、刑事とヤクザの恋愛なんて支持できない」

「結婚していいんだ？」

笑いながらふざけて答えると、西島がぎりっと眉根を引き絞った。

「ゲイの警察官もいないわけじゃない。ほかのチームからは、からかわれるだろう。でも、あいつに覚悟があるなら、俺がかばう」

「そんなことを言いに来たのか、あんた」

「そうだ」

西島はいまいましげに舌打ちして言った。

「あいつはモノになる。まだまだ青っちょろいガキだけどな、……おまえがいれば、あいつは変わる。俺はずっと、そういう瞬間を待ってた」

「意味がわからない」

視線をそらして、田辺はグラスをくちびるへ運んだ。

胸に不穏が兆し、もやもやとした疑問が渦を巻く。答えを手にする前に、西島がたたみかけてきた。

「あいつを男にできるのは、おまえだ。そう思ってるんだろう」

詰め寄るように言われ、田辺は斜にかまえる。

ヤクザである自分との付き合いは、大輔に取って瑕疵《かし》になる。その上に男同士だ。経歴にも傷がつく。わかりきった事実を前に、別れろと言ったばかりの西島は、手のひらを返して、ふたりの関係を強固にしろと勧めてくる。これほど不穏なことはない。

別れることができない関係ならば、男同士であることには目をつぶっても、ヤクザである田辺の立場を変えて欲しいと言うのだ。それはおそらく、大滝組から足抜けしてカタギに戻るという話だけではないだろう。西島の話には裏がある。しかし、それは明かさずに黙っている。彼には彼の都合があるのだろう。

それを見極めようとしながら、田辺は陰鬱《いんうつ》とした気持ちを胸に抱えた。

——瑕疵をもってして利に変える。

ふいに言葉が浮かび、苦々しさを覚えた。そんなやり方も確かにある。

事実、知っている。

容赦なく人を傷つけ、それを利用して取り込むのは、岩下の得意とするところだ。手際は見事で、傷つけられた方は策に落ちたことにも気づかず、それどころか救ってもらったと恩を感じてしまう。あれは岩下だからできるのだ。嘘を真に変えることは簡単なことではない。

たわいもない連想に、答えの糸口が見えた。

翻弄するように手のひらを返す西島の思惑だ。別れろと言ったり、無理ならヤクザを辞めろと言ったり、大輔は大事な人材だとうそぶいたりする。どこまで本当なのかと問うよりも、西島の目的を見定めるのが先決だ。

自分の手柄か、出世か。もっと別の可能性はないか。瞬時に考えを巡らせ、田辺は目を伏せた。表面上はなにも気づいていないふりでため息をつく。

西島が敵なのか、味方なのか、田辺には判断がつかなかった。自分にとっては敵でもかまわないが、大輔にとって敵になるなら自衛策がいる。

「西島さん、さっき、別の情報提供者の話をしてましたよね」

「いまは大輔の話だ」

「……どのあたりが必要なんですか」

「あいつと関係を持たせてもいいのか」

「いいわけない。だいたい、関係を始めたのは俺だ。あの人に男を誘う能力なんてない」

「沢渡組だ」

西島はいきなりズバリと答えた。

「それ、あの人に言ったんですか」

「具体的には言ってない。薬物関係を扱っている組に詳しい人間が欲しい」

「今日の本当の目的はそれか」

肩の力を抜いて、田辺はかすかに笑う。合点がいったふりをして、グラスにスパークリングジュースを注ぎ足す。

さりげなさを装いながら、西島の表情を注意深く見た。

麻薬関係といえば、岡村とも話をした本郷の件だ。いままで関西の桜河会が仕切り、大滝組にショバ代が流れていた薬物売買のルート。それとは別の、新しいルートを引っ張ってくるという噂。それを、西島も押さえているのだろう。

「関西の連中にニシンを根こそぎやられたんじゃ、たまんないだろ」

そう言われ、田辺は笑った。

「漁場を変えるって話？　関西が割れて、こっちになだれ込むと思ってるのか。さすがにそれはない」

「そんなの、わからねぇだろ。よそのヤツは、あとのことなんて考えないからな。いままでの漁場にうまみがないなら、よそを荒らす。それがおまえらヤクザの常識だ」

「古いな、おっさん」

「抜かせ、ガキが」

西島の調子が戻り、目つきが鋭くなる。仕事の顔つきだ。

「岩下の出方次第なんじゃないのか。あの男なら、組長を売ってでも岡崎を押しあげるはずだ。俺はそう見てる」

「めったなことを言うもんじゃねぇよ。そんな筋の通らないことはしない」

「あの男に、仁義なんかあるのか」

言われた言葉が、田辺の心にぐさりと刺さる。

あるか、ないかで言えば、西島の言う通りだ。笑いが込みあげて、耐えきれなくなった。

爆笑しながら、口元を拳で拭《ぬぐ》う。

「ほんと、あんたらマル暴は、ヤクザと大差ないな。そんなことに基準を置くなよ。だいたい、あんたらが締めあげるから、仁義が通せなくなるんだよ?」

「上の方針だ」

西島はふんっと鼻を鳴らし、水割りをあおった。

「……大輔には、おまえをうまく利用しているふりもできない。前ほどには、な。そういう嘘をつきたくないんだろう。あいつの気持ちがわかるなら、すっぱりカタギになってくれないか」

「俺のアニキが誰かわかって言ってんだろうな」

「大輔なら、おまえがインポになっても見捨てない。いっそ、いままでの分まで、おまえに乗っからせてやってくれよ」

「いままでってなんだよ。最低だな」

思いつきでしかない下品なもの言いを睨んだが、それよりも笑えた。西島は田辺を快く思っていない。でも、大輔のために認めるつもりでいるのだ。

頼めば、岩下との縁切りにも手を貸してくれるだろう。

「最低なんてな、てめぇには言われたくねぇんだよ」

悪態をつきながら、西島は遠慮なく濃い水割りを作る。

「あいつは男だぞ。喜んでケツを貸してると思うな」

「そういう言い方が一番、傷つけるんだよ。別に借りてるわけじゃない」

愛し合ってるんだと言いかけた田辺は、すんでのところで黙った。余計なことを言ったと大輔にバレたら、怒られる程度で済まないかもしれない。

「じゃあ、なんだよ。おまえのもんじゃねぇぞ」

「うるさいんだよ、あんた。単なる先輩だろ。父親みたいなこと言ってんじゃねぇよ。偉そうに」

「はぁ？　偉いんだよ、俺は偉いんだ。あいつにどれだけのことを教えてきたと思ってんだ。父親以上だぞ」

西島は酔っていた。ギロリと目を剝《む》く。欲張って濃い水割りを飲みすぎたのだろう。

対する田辺はグラスに残った液体を回した。ワインのふりをしたジュースだ。どれほど飲んでも酔うことはない。

「俺よりおまえを信用してるなんて……最低だ。くそっ。詐欺師が。詐欺師のくせに」

「幸せにしますよ？」

それだけは本心から答える。西島にとって、もっとも聞きたくない言葉であることは、百も承知の嫌がらせだ。

「……黙ってろ、クソガキ。殺すぞ」

ヤクザ顔負けの恫喝《どうかつ》を口にした西島は、濃い水割りをぐいぐいと飲む。仕草にやるせなさが滲んでいた。

彼にも思惑はある。仕事の相棒としての大輔を手放せず、新しい情報源を欲しがっている。しかし、その一方では、大輔を心底からたいせつに思うのだろう。

田辺は肩をすくめ、西島が酔い潰れるまで付き合う覚悟を決めた。

＊＊＊

小春日和《こはるびより》の昼下がり。大輔はひとりで街に出ていた。

私服での巡回だ。ぶらぶらと歩きながら、パチンコ店や路地裏を覗く。

指名手配犯に似た顔がないか。犯罪の片鱗《へんりん》が路地裏に残されていないか。いつもとの違いにも気を配る。異変があることは少なく、今日も街はいつも通りだ。同じくひとりで巡回に出ている西島へ合流の連絡を入れる。

約束の場所へ向かう近道の路地は、ひっそりとしていて寒々しい。店の裏口が連なるように並び、さまざまな形のゴミ箱が建物に沿って置かれている。足早に歩いていた大輔は、自分を追ってくる足音に気づいた。

警戒しながら肩越しに振り向く。

「あ、見つかった」

おどけたように言ったのは、まさかの田辺だ。こんなところで会うはずのない相手に驚いた大輔は、思わずまなじりを吊りあげた。睨み見据える。しかし、田辺には効力がない。人通りがなく、曲がりくねった道なのをいいことに、田辺は遠慮もなく大輔の腕を引いた。

「つけ狙ってたのに」

耳元にささやかれ、ぶるっと身体が震えてしまう。腰に回った手で尻を撫で回され、目の前の肩を殴りつけた。

「痴漢かよ」

「現行犯で逮捕する？　恋人同士だし、プレイじゃない？」

ふっと息を吹きかけられ、怯んだ隙にくちびるが奪われる。

「ん……、ば、か……っ」

ビルの外壁に追い込まれたが、大輔の背中が汚れないように、田辺の腕が間に挟まる。

「んっ、んっ……ふ……」

くちびるがついばまれ、されるに任せていた大輔は目を閉じた。背中がじんと痺れて、息があがる。

「……お兄さん、仕事終わり？　もう帰るの？」

田辺に冗談めかして誘われ、大輔はつれなく答えた。

「これから、西島さんと合流するんだ」

「断れない？　俺とホテルへ行かない？」

「行かない。……仕事中だっての」

「でも、身体が熱い。熱でもあるんじゃないの」

「その手には乗らない」

大輔は笑いながら、田辺の首へ腕を回した。めったに人が通らない狭い路地だ。逢《あ》い引きするには都合がいい。それでなくても、不意打ちに会えたのは嬉しかった。

「あや……、今夜」

「あ、今日は仕事。アニキとだから、断れない。ごめん」

くちびるの端にそっとキスされる。大輔は自分で顔を動かして、田辺の下くちびるを食《は》んだ。

柔らかく引っ張って、舌で舐める。

「俺と、あっちと、どっちが大事なんだよ」

田辺を真似て冗談をふっかけてみる。

「大輔さんだよ」

田辺は恥ずかしげもなく微笑んだ。そしてまたキスが始まる。あやうく、性感のスイッチが入りそうになり、大輔は身をよじった。

察した田辺はおとなしく下半身を引く。代わりに、大輔の頭を自分の肩へ押しつけるように抱き寄せた。額を預けた大輔も、素直に仕立てのいいスーツを握りしめる。

「会いたかった」

耳元へ流し込まれる田辺の口調はいつも通りに甘く、恥ずかしさでいっぱいになってしまう大輔は、ぐりぐりと額をこすりつけた。

「……ヤクザに拉致《らち》されたら、サボったわけじゃないよな。西島さんだって仕方がないって言うよなぁ」

「言うかなぁ。……試してみる？」

「いやいや、ダメだ。おまえも乗ってくるんじゃねぇよ」

笑いながら、肩を押し返す。離れようとすると、もう一度キスをされる。くちびるがぴったりと押し当たり、今度は舌が忍び込んできた。

「はっ……ぁ……」

大輔は小さく喘ぎ、伸びあがるようにして逃げる。

「きりが、ない……っ」

「甘かった」

ぺろっと自分のくちびるを舐めた田辺が首を傾げる。

「煙草代わりに飴《あめ》を舐めてたからだ。おまえにも……、はい」

ポケットを探って取り出したのど飴を渡す。

「キスのお駄賃？」

受け取った田辺はどこか嬉しそうだ。町でたまたま見かけた大輔に声をかけることもできず、人通りのなくなる場所までつかず離れずに追ってきたのだろう。

気を使ってくれたと思うと、大輔の胸は制御不可能に熱くなる。

「ばぁか。浮気防止だ。ムラムラしたからって、悪さするなよ？　おとなしく飴を舐めて耐えてろ」

「次に会うときは、もっと大きなキャンディをしゃぶらせてくれるんだよな」

「……はー、えげつない」

わざとあきれたふりをしてそっぽを向く。そうしないと、腰が疼く。ねっとりとした田辺の愛撫を、大輔の身体はすっかり覚えている。

「じゃあ、また」

いつまでも話していたい気分を振り切るように、田辺が軽く手をあげた。

「ん、また」

別れ際のキスをあきらめきれず、どちらからともなく顔を寄せる。チュッとくちびるにキスをして、今度こそ背中を向け合って歩き出す。

田辺は来た道を戻り、大輔はさらに奥へ進む。

にやける顔をなんとか引き締め、くちびるを噛みながら角を曲がる。そこに思いがけず人が立ち止まっていて、大輔はまた驚いた。

逃げそびれたのか、そんなつもりはハナからないのか。

「裏路地でも人は通るよ」

眼鏡をかけた和服姿の男は小首を傾げ、衿元《えりもと》を指でしごいた。大滝組若頭補佐の男嫁・岩下佐和紀だ。旧姓は新条佐和紀。

その後ろに控えているのは、いつもの世話係じゃなく、すらりとスタイルのいい若者だった。きゅっと小さな顔に幼さがあり、学生でも通るぐらいだ。数ヶ月前から大滝組事務所に出入りするようになった男で、北関東の組の息子だということは大輔たち暴力団対策課でも情報を得ている。

顔立ちが繊細に整っていて、背格好の雰囲気がどことなく佐和紀に似ていた。

「兄弟みたいだな」

大輔が言うと、佐和紀は上機嫌に笑った。

「いいだろ」

どういうつもりで言っているのか、わからない。返事に困っていると、身を屈めるように顔を覗き込まれた。

「さすが刑事、なのかな。キスしたばっかりには見えないね」

「な……」

見られていたと気づき、大輔は慌てた。嫌な汗が、わきの下を湿らせる。

「もっとスゴイことが始まるかと思ったんだけど」

「さすがにそれはないでしょう」

後ろに控える男が笑う。大輔とは視線が合わなかった。

「妙なものを見せて悪かったな。忘れてくれ。……あいつのことはからかうなよ」

大輔が言うと、佐和紀の眉が片方だけ動いた。きれいなアーチはそのままだ。

「あぁ、田辺？　どうしようかな」

「……俺もあいつも、本気だから」

邪魔をするなと言い終わる前に、もうひとり、スーツ姿の男が現れた。

岡村慎一郎。田辺の友人だ。

佐和紀を追ってきたのだろう。大輔に気づくと、意外そうに目を見開いた。

「巡回ですか。ご苦労さまです。佐和紀さん、ご迷惑になります。行きましょう」

岡村に促され、佐和紀はのんびりとうなずいた。会釈を残してすれ違う。

肩越しに振り向いた大輔は、三人を見送った。

佐和紀は会うたびに勢いが増していくようだ。確かに美しく、確かに色っぽい。誘われたら口説かれてしまうだろう。ついていかない男はいないはずだ。

でも、本性は見た目からは想像もつかないチンピラで、狂犬だ。その牙《きば》は結婚しても抜かれることはなく、いまだにゴロツキを相手に暴れている。

誘われてその気になっても、指のひとつも握れるはずがないのだ。

そんな男と田辺の仲を疑ったことが思い出され、笑いが込みあげた。過去の話だ。顔では釣り合うが、雰囲気はまるで不似合いで、田辺にはそぐわない。

組対の中でも、岩下佐和紀は特別な警戒対象だ。見張っておくという意味ではない。その反対、手出し無用で、深入り厳禁。取り込もうとする刑事もいない。旦那《だんな》である岩下周平の舎弟を世話係として連れ回し、男嫁の看板を恥ずかしげもなく背負って歩く男は、どう見ても異質で、背後にいる旦那の不穏さを嫌でも連想させる。

あの旦那にして、この嫁あり……。

「こわ……っ」

佐和紀の残り香に岩下の大きさを感じ、大輔は肩をすくめた。偶然にでも出会いたくない相手のことを頭から退け、そっと田辺のキスを思い出す。

甘い疼きに心を奪われたが、佐和紀なしでは岩下を制御できないことも繰り返し胸に刻む。田辺を守るためには、差し障りのない関係を保ち続ける必要があった。

その日、田辺はわざと大輔を探していた。

見つけて追いかけ、路地裏でキスをしたのも故意だ。偶然じゃない。

岩下と会うと決めていたからだ。

時間よりも早く、約束した場所へ向かう。自分がひどく緊張していることに気づき、スーツの襟を正した。

恐れたところでなにも変わらないと、これもまた、岩下に仕込まれた教えを繰り返す。

やるときは、なんとしてでもやらなければならない。最悪のシナリオを想定するのは、絶対に回避するためであり、実行するのは成功のシナリオのみと心に刻む。悪い妄想に引きずられてしまったら、始める前から負けているも同然だ。

岩下と話をするために田辺が用意したのは、高級ホテルのスカイラウンジにある個室だ。組事務所やオフィスでもよかったが、いざというときのため、一般の目撃者を確保しておきたかった。話がこじれたら、困ったことになる。

そんな田辺の思惑を、岩下はすでに汲《く》み取っているだろう。

初めから見透かされているのだ。うまく演じられたら合格だが、しくじれば許されない。小さく息を吸い込んで、時計を見た。

待ち合わせの時間を十五分過ぎている。もうそろそろだと思った頃、店員に案内され、岩下が姿を現した。

いつもの三つ揃えで決めてくると思っていたが、田辺の予想ははずれた。

センタープレスのしっかりとついたフランネル生地のストレートパンツに、ざっくりとしたボートネックのセーター。普段着のままで出てきたのかもしれない。それなのに、引き締まった首筋と鎖骨が、男ながらに色めいている。

「おひとりですか」

「三井《みつい》をカウンターで待たせている。長い話じゃないだろう」

自然と上座に着いた岩下はブランデーを頼んだ。そのまま視線を向けられ、一張羅のスーツを着た田辺はウィスキーの水割りを頼む。

夜景を背にして、岩下の向かいに座った。ほどよくスプリングの効いたソファだ。

「おまえは夜景が似合うよな。……気障《きざ》だ」

ふっと笑われて、もうすでに始まっているのだと気づく。

「仕事をクローズすることにしました」

田辺は静かな口調で切り出す。

「今度はどのくらいになる」

岩下も穏やかな口調だ。

「期間が読めません。ご迷惑ならないように、一度、精算をお願いします」

詐欺の仕事を始めるとき、岩下から借りた金のことだ。田辺はいままで、その利子を上納金代わりに支払ってきた。潜伏期間に入るときは月支払いの減額を願い出るのが常だったが、今回で返済し、区切りをつけようと決めている。

西島から言われる以前から考えてきたことだ。そのために、時間をかけて段取りをつけてきた。

「そんな寂しいことを言うなよ」

穏やかな口調のまま、岩下が目を細める。瞳の奥はまるで笑っていない。

「金の切れ目は縁の切れ目って言うだろう」

ぞくりとする色気が凄《すご》みになり、プレッシャーがかかる。しかし、田辺は怯まなかった。表情を変えずにいると、オーダーした酒が運ばれてくる。ウェイターが消えるのを待って、田辺は言った。

「もうすでに、悠護さんへ支払いました。金額が大きいので、分割して、それぞれを別のルートで入れてもらいます」

ブランデーグラスを手にした岩下の眉が、ほんの少し動いた。それから、くちびるの端がゆっくりと引きあがる。

「運用益が出ているとのことですから、あとのことは、そちらの都合で、よろしいようにお願いします」

田辺は目を伏せて頭をさげた。大滝組組長のひとり息子である悠護は、海外在住で、セレブの資産運用をしながら暮らしている。岩下の隠し財産の管理も行っているが、日本の警察は気づいていない。

「休んでいる間の金はどうするつもりだ」

岩下は口調を微塵も変えずに言った。潜む不穏さは、田辺だけがわかる程度だ。ひっそりと寒々しい。

投資詐欺のかたわら、悠護からの援助で始めたトレーディングの会社は、ほどほどの大きさに育てて売り抜けた。すでに田辺の手元にないことは、岩下も知っている。

つまり、田辺にはもう仕事《シノギ》がない。

「悠護さんから勧められた会社へ行きたいと思います」

「俺の下から、向こうへ移るつもりか。……悠護の条件は、組からの脱退だな」

口調の冷たさには、相談もなく決めたことに対する目に見えない怒りが含まれていた。

「まずは私から説明するのが筋だと思いましたので、今夜の席を設けました。お怒りはごもっともですが、今後は、外からの力添えができると思います」

「田辺。腹を割って話そう」

岩下はブランデーを優雅に飲む。その香りが、田辺まで伝わってくるようだ。雰囲気に飲み込まれまいと必死になったが、あきらめた。

抗うほどに退路は断たれる。試されているのだから、受けて立つほかにはない。

この日のために、金を作り、悠護を説得し、万全の準備をしてきた。

西島の言うように、大輔のためにヤクザを辞めることが、ふたりにとって最善だ。田辺も、それしかないと考えてきた。

でも、ただ辞めるだけでは守れない。

「ヤクザを辞めるってのはどういうことか、知ってるよな。田辺」

「知っています」

「警察に書類を出して、組が書面を回す。おまえの場合は、準構成員に近いから、警察への対応だけか……。発行手数料は五千万だな」

さらりと言われ、田辺はぐっと息を呑んだ。高い。法外だ。完全に足元を見られている。

そもそも、そんなものに金を支払う必要はない。

「そういう話をしたかったんじゃないのか？」

田辺を見据える岩下は表情ひとつ変えなかった。むせかえるような男の色気を滲ませ、酒を揺らす。

「悠護さんからも、受け取るおつもりですよね」

「当たり前だ。引き抜き料をもらう。おまえを育てたのは俺だ。慈善事業じゃない。……高いか？」

「いえ、支払います。ありがとうございます」

すべてを飲み込んで、両膝に手をつく。深く頭をさげた。五千万円。それが、岩下がつ

けた田辺の価値だ。

「分割にするなら」

利子の話をしようとする岩下に向かって、田辺はそっと手のひらを向けた。話を遮る。

「五千万、一括で払います」

「……さすがだな」

金を巻きあげられているのに、褒められると嬉しくなってしまう。

ずっと背中を追ってきた。いつかは追いつくつもりでいたが、追い越せると思ったことはない。そんな相手だ。

「支払い方法は、いつもの通りでいいですか」

詐欺の種銭を返済したのと同じ方法で、悠護を通じてのマネーロンダリングだ。

「そうだな。……一括で払って、おまえの手元にはいくら残る」

「しばらくは、恋人《イロ》の世話になります」

あるとも、ないとも、言えない。明かせば、違う方法で囲い込まれる。ここは逃げの一手だ。

岩下は、どこか嬉しそうに微笑んだ。

「金に困ったら、佐和紀に相談しろよ。おまえが返した金は順調に増えてるからな」

「まだアニキに借りた方がましです……」

げんなりとした返事に、岩下はことさら明るく笑った。脳裏には、愛する嫁の姿があるのだろう。

「俺の下にいた方が、あの男のためには都合がいいぞ。情報を流すなら、外部に出ないことだ」

微笑みを絶やさずに言われ、田辺は違和感を覚えながら受け答えをする。

「俺の相手は真面目なので……、気苦労をさせたくありません」

「相手のためのおまえになるわけか。……佐和紀がな、それなら納得してやれって言ってたぞ。反対ならヤバかったな」

「新条の口添えがあったから、認めてくれたってことですか」

もしも、田辺が組に残り、大輔を引き込むことを選んでいたなら、佐和紀の横槍《よこやり》が入ったということだ。

金を惜しんで佐和紀に頭をさげても、同じだっただろう。

言い方は雑でも、佐和紀なりに条件付きの根回しをしていたのだ。無茶なことを言われず、金だけであっさりカタがついた理由に、田辺は納得した。

しかし、ありがたくはない。勝手に条件をつけているところが、いかにも偉そうで鼻につく。

「俺の人生に、あいつは関係ないです」

佐和紀について田辺が言うと、岩下は洒脱《しゃだつ》な仕草で肩をすくめた。

「関わっておいて、よく言うよ……。勝手だな。指の一本でも取られると思ってたんだろう？」

「少し……」

「みっともない頼み方をしてきたら、そうしてやるつもりだったけどな。もう体罰は必要ないだろう。佐和紀の口添えがなくても納得の対応だ」

いつになく褒められ、ホッとした。それをおくびにも出さずに頭をさげる。

この日のために、悠護とも慎重に付き合いを深めてきた。

佐和紀を直《じか》に利用せずに岩下を牽制するには、彼の存在しかない。

「仕事のクローズはまだか。どれぐらいかかる」

岩下に聞かれ、顔をあげた。

「年内にはすっきりします」

「年末年始はなにかと忙しい。春の定例会の頃には通知を出す。組対の中も人事異動があるだろう」

こういうことは、警察側の忙しいときがいい。向こうに暇があれば、痛くない腹まで探られる。辞める田辺ではなく、手放す周平の都合だ。

「西の方からヤクが流れてきている噂は本当ですか」

ふいに切り出すと、岩下は艶《なま》めかしく目を細めた。

「あれはどこからでも溢れてくる。横浜は経由地だろう」

「こおろぎ組にいた本郷が」

言いかけた言葉を、視線で止められた。

「いまは詳しく知るな。足抜けが難しくなるぞ」

岩下にたしなめられて、田辺はぐっと押し黙った。

「まずは足場を固めて、それから動くことだ」

容赦なく金を巻きあげても、岩下は結局のところ舎弟想いだ。大輔が必要とする情報のため、田辺がこれからも組の周辺で動くことを理解している。

「おまえの男は、そんなにいいのか」

たわいもないような雑談を振られ、にやけそうになった田辺は表情を引き締めた。

「普通です。……新条に比べれば、もう……まったく……」

「わざとらしいな」

ニヤニヤと笑われ、田辺は首を左右に振った。

岩下と佐和紀には、どんな興味も持って欲しくない。いっそ価値なんかないと思われたいぐらいだ。

「通知が出るまで、おまえの男にも漏らすなよ。組対の中には、別の派閥と繋がってる刑事もいる。俺の下が動くだけでも敏感になるのがいるからな」

新たな企《たくら》みのためだと思われることが厄介なのは、田辺も理解している。若頭の岡崎を次期組長に推す岩下の行動は、どの派閥からも重要視されていた。

「気をつけます」

そう答えた田辺は、よく冷えた水割りのグラスを摑んだ。

岩下の視線が動きを追っている。このやりとりが最後の試験になるのだと、心の中で思った。合格か、不合格か。結果が通告されることはない。

それはいままでも、これからも、田辺の生き方に現れるものだった。

＊＊＊

千鳥足の西島が、どんっとぶつかってくる。大輔はおおげさにふらついた。腕をぐいっと摑まれ、引き寄せられる。

夜更けの繁華街だ。裏路地には怪しげな店が軒を連ねている。

「フーゾク、いかがッスかぁ。あ、年季の入ったお兄さんと年頃のお兄さん！　遊んでって、遊んでって」

呼び込みの男がひょいと、ふたりの行く手を阻んだ。

「えー。いやぁ、俺はぁ」

酔っ払ってろれつの回らなくなった大輔は、男が指差す先を見た。視界が二重写しに見えて、店名もわからない

「え？　なに？　にゃんにゃ……にゃ？　にゃ……」

「バカか、おまえ」

同じぐらい酔っている西島が、またぶつかってくる。明日は非番で、今夜は金曜日。店のにぎやかさに巻き込まれて、ついつい焼酎《しょうちゅう》を飲みすぎた。

大輔の肩に腕を回した西島が、ピンク色の看板を指差す。

「にゃんにゃにゃにゃんぱらだいす、だ」

「はぁ？　にゃんにゃこにゃん、じゃないっすか」

酔っ払いの大輔は意味もなく気色ばんだ。西島を押しのけ、真正面に向き直る。柔道の組み手のつもりで腰を落とし、西島のスーツの襟を摑んだ。

「いやいやぁ～」

呼び込みの男が笑いながら、割って入ってくる。

「フツーに、『にゃんにゃんぱらだいす』です。猫耳ヘルス。子猫ちゃん、ナデナデしていきませんか？」

風俗店の呼び込み行為は違法だが、悪質でなければ摘発もされないので、自然と湧《わ》いて

出てくる。ここで仕事をバラすほど、大輔たちも野暮じゃない。男がちらっと見せてきた小さなカードを覗き込む。

女の子のカラー写真だ。バストショットの水着姿だった。

「どーかなぁ」

大輔はつぶやいた。いまだに雑誌のグラビア写真はチェックしてしまうし、胸の谷間にも弱い。柔らかなそうなバストに釘づけになると、脳裏に田辺の顔がよぎった。

「あ、俺、この子にしよう！」

西島がダミ声で叫ぶ。

「ありがとうございま〜す。お目が高い！　うちのナンバー2です！」

「『1』じゃないのか」

「2です！」

男がぐっと親指を立てた。

「マジッスか、西島さん。えー、じゃあ、俺は……」

急展開すぎてついていけない。田辺の整った顔と、女の子の豊満な胸が、酔った頭の中でぐるぐると回転する。

「悩むな、悩むな。なにごとも社会勉強だ。社会勉強は浮気じゃない！」

それで離婚したくせに、泥酔した西島は胸を張る。

「猫ちゃん撫でるだけですから〜ッ！」

呼び込みの男も陽気に笑った。迷っているうちに、ふたりがかりで引っ張られ、大輔はなしくずしに連れ込まれる。

「猫カフェなんで、平気ッスよ。猫が股間《こかん》押しても怒る女は、ヤバイっすね」

「なに、それ……。西島さん、俺、無理」

酔いは醒《さ》めていなかったが、気持ちが萎えて尻込みする。

「バッカ、おまえ。ひとりにすんなよ。奢ってやるから、たまには男に戻ってみろ」

「いやー。それはぁ……」

アルコールで歪んだ景色がぐらぐら揺れる。大輔の腕を、西島ががっちりと掴んだ。

「いつも胸のないヤツと付き合ってんだから、たまにはいいんだよ。男なら揉むだろ！」

意味のわからないことを言われている間に、女の子が迎えに出てくる。断りきれずに手首を掴まれ、あっという間に個室へ案内された。

たわいもない会話をしながら、女の子が短いサテンのローブを開く。本当に久しぶりに見る、生のランジェリーだった。

レースがひらひらしていて、ブラジャーから胸が溢れそうになっている。手を引かれて、バストに押しつけられた。

柔らかな感触に、指が沈む。

大輔はハッとした。息を呑み、ごくりと生唾《なまつば》を飲んだ。

一瞬、熱が込みあげてきて、やろうと思えばやれるのだと気づく。くらりとめまいがして、また田辺を思い出した。

確かに、これは社会勉強の一環だ。結婚しているときも、付き合いフーゾクに罪悪感はなかった。セックスをするわけじゃない。キスもしない。好意だって持っていないし、通うわけでもない。いっそ、行為の最後には好きな相手を思い出す。

酒で前後不覚になったあげくのバカ騒ぎだ。苦い罪悪感の記憶がぼんやりとよみがえり、大輔は慌てて女の子を押しのけた。

田辺とはまるで違う華奢《きゃしゃ》な身体だ。細いのに、柔らかな肉がついている。女を抱いていた頃の感覚がよみがえってきて、大輔は手の甲をくちびるに押し当てた。

「ごめん。飲みすぎたみたいだ」

気分の悪いふりをして、水をもらう。新しいペットボトルを渡され、めきめきと音を鳴らしてキャップをはずす。一口飲み、それから一気に喉へ流し込む。

「悪いけど、できないから。時間だけ潰させて」

「えー。そんなの、申し訳ないよ。……ナデナデしたら？」

にゃん、と鳴いて、女の子が寄り添ってくる。甘い匂《にお》いが鼻先をくすぐり、忘れていた感覚がまた戻ってきた。

正直に言えば、欲情を覚える。惚れた相手にしか勃起しないほど純情じゃない。そもそも、そういう人間だ。

だから、倫子がいても田辺と関係を持ったし、男同士だから数に入らないと思えた。

それなら、男と付き合っている現在《いま》は、女とのセックスが浮気の数に入らないのだろうか。

酔った頭で考えながら、女の子の身体に股間が反応してしまう。大輔は慌てて身体を離す。バレなければいいのだと、ほんの少し思ってしまった。それと同時に、田辺が同じことをしたら、自分は許せるのかと考える。

仕事なら仕方がないと、格好をつけても、本心は裏腹だ。ものわかりのいいふりは、自尊心を傷つける。

嫌に決まっていた。田辺が誰かに触れ、優しくしたり、冷たくしたり、とにかくセックスをするなんて考えたくもない。

「俺、もう帰るから」

一息に言って、女の子を振り切った。個室を飛び出る。

カウンターの前で店員に呼び止められ、問題があったのかとしつこく聞かれたが、急用で押し通した。

金を払おうとすると、すでに支払いが済んでいると言われた。そうしている間に、女の子が追ってきて引き止められる。

そのあたりで不自然さに気づき、大輔の酔いは醒めた。誰もが執拗《しつよう》だ。風俗店でここまで食い下がられることはありえない。ふつふつと胃の奥が熱くなる。

足早に外へ出ると、真正面に西島が立っていた。一瞬、啞然《あぜん》とした大輔は、思わず店を振り向く。不自然さの原因に思い至り、顔を歪めた。

店でプレイに興じているはずの西島の手には、携帯電話が握られている。大輔の出てくるところを写真に撮っていたのだ。

「どういうつもりなんだよ！」

「入っておいて、なにもしてないなんて、言い訳にならないよな」

「どういうつもりだって、聞いてんだろ！」

ずかずかと歩み寄って、大輔は拳を固めた。酔いが尾を引き、感情のコントロールができない。それでなくても、陥れようとした西島に腹が立つ。

思い切り力を込めて拳を振り切る。ひょいと避《よ》けた西島が、太い眉を吊りあげた。

「フーゾクは浮気じゃねぇだろ。……おまえが大事にしてる相手は、兄貴分に言われて女を抱いてんじゃねぇのかよ。……大事にするほどの相手か」

「あんたが決めることじゃない！」

女をあてがって抱かせれば、気が変わると考えたのだろう。

それが心底から大輔を苛立《いらだ》たせる。西島を睨みつけたが、言葉は出てこなかった。どんなことを言っても、自分の価値観を押し通す西島とはぶつかり合うだけだ。

攻撃態勢に入った獣のような息づかいを繰り返し、大輔はいっそう強く拳を握りしめた。

「そんな写真、証拠にならない。だいたい、あいつは……俺を疑ったりしない」

「バカか」

「うるせぇよ！　今日のことだって洗いざらい話すし、後ろめたいことはなにもない！　男が女を抱きたくて、なにが悪い！　当たり前だろ！　それでもあいつしかいないって、そう思ってんだよ！　もう二度とするなよ、おっさんッ！　二度は許さねぇからな！」

コンクリートを踏み鳴らし、怒りに任せて叫びまくる。頭に血が昇り、通行人がいることも忘れてしまう。西島もコンクリートをゲシゲシと踏んだ。

「おまえが操を立てても、相手はヤるんだぞ！　男でも女でも、言われた相手に突っ込んで、気持ちいいことをするんだ。それは許せるのか？　おまえみたいに生真面目じゃ、耐えられるわけがない！」

「俺は生真面目じゃないし、耐えられる」

答えた先から、身体が震えた。考えたくないことを突きつけられ、考えないようにしてきたのだと思い知らされる。大輔が警察を辞めたとしても、田辺がヤクザでいる限りはついて回る問題だ。岩下の舎弟でいるなら、当然のことだろう。

だから、本当なら、田辺には足抜けをして欲しい。岩下から離れてカタギに戻り、まともな仕事を選んでもらいたい。

自分が刑事だからじゃなく、自分だけの田辺でいて欲しいからだ。でも無理だろう。指の一本だって失わせたくないし、肋骨《ろっこつ》も腕の骨も足の骨も無事がいい。痛い思いをさせるぐらいなら、仕事でするセックスぐらい見て見ぬふりをする。

そのことで田辺が後悔したり傷ついたりするなら、なんでもないことだと笑ってみせるつもりだ。

好きだから、絶対に耐えられる。

「あんたには、がっかりだ。失望した……」

舌打ちしながら顔を背け、大輔はくちびるを噛んだ。激昂《げっこう》しすぎて目に涙が滲む。道ならぬ恋だからこそ認めて欲しいなんて、都合のいい感傷だ。

そんなものに酔っても、現実は変わらない。異性でも同性でも、恋は誰かに認められて喜ぶものじゃない。祝福があれば、永遠に続くわけでもないだろう。

だから、大輔はなにも言わずに背を向ける。

声はかからず、追ってもこない。当たり前だ。腕でも掴まれようものなら、ひと思いに投げ飛ばしてやると思った。

ずんずんと歩いて、繁華街の喧噪《けんそう》に紛れる。あてもなく歩いていると、向こうから歩いてきたチンピラがわざとぶつかってきた。家路を急ぐ酔っ払いのサラリーマンだと思ったのか、口汚く罵られ、胸ぐらを掴まれる。

大輔は応戦してやるつもりで手首を掴み返した。

「はい、そこまで」

声が割って入る。西島のように濁った声じゃない。涼やかな若い男の声だ。

チンピラがいきり立って怒鳴り返し、華奢な身体つきをした優男はジャケットの内側に手を入れた。チラリと見せたモノに気づいて、チンピラが後ずさる。黒い手帳だ。

チンピラを追い払った男は、あきれたようなため息をついて大輔の腕を引いた。すっきりとした三つ揃えのスーツの優男が立っている。

「あんた、確か……」

見覚えのある顔だ。黒々とした髪をサイドで分けて撫でつけ、整った顔は若いのかそうじゃないのか、よくわからない。記憶を引っ張り出す前に、男が口を開いた。

「河喜田《かわきだ》だ」

「あ……」

記憶に行き当たり、言葉を失った。大輔がセックスショーに売られかけたとき、身代わりになってくれた男だ。

「そのことは終わったことだから」

手のひらを向けられ、口にするなと視線で制止される。

「急いでるところ悪いけど、ちょっと時間をくれないか」

「……別に、急いでない」

苛立っていただけだ。その気持ちも、いまはしぼんで、ただただ気持ちが滅入る。

「じゃあ、家まで送ってやろうか？」

巡回でもしていたのだろう。河喜田についていくと、近くのパーキングに車が停めてあった。

「夜回りしてたんだよ。生活安全課にいるんだ。このあたりが管轄。西島から……、聞いてないか……」

「知り合いなんですよね」

「友達、と言いたいところだけど、腐れ縁かな」

白いコンパクトカーは河喜田の所有車らしく、ほどほどに生活感がある。

大輔は助手席に乗った。聞かれて住所を答えると、河喜田はカーナビをセットした。道案内が開始され、車窓から見る街の灯《あか》りはゆっくりと流れていく。交通量が多く、信号にも頻繁に引っかかる。

「西島といたんだろう」

ふいに言われ、沈黙を持て余し始めていた大輔は静かに息を吐き出した。

「見てたんですか」

「仲良く酔っ払っているのを見かけただけだ。ふらふら歩いていただろう」

ジャケットを着た河喜田の横顔は涼しげだ。鼻筋が通っていて、育ちの良さそうな雰囲気がある。印象は三十代後半だが、見た目よりも年齢を重ねているように思えた。

生活安全課と言われてもピンとこない。現場研修に入っているキャリアなら納得できる。ましてや、自分から進んでセックスショーに参加し、卑猥《ひわい》なあれこれを楽しんでくるタイプには見えない。意外性というよりは異常な感じで、ミスマッチすぎる。

「……久しぶりの女はどうだった」

「は？　見てないって言ったじゃん」

思わず素が出てしまう。

河喜田はおかしそうにくちびるの端を引きあげた。前を向いたままだ。

「見てないよ。でも、話は聞いていたから。……相談されたんだ、西島から」

繁華街を抜けると交通量が分散して、スピードがあがる。

「コーヒーを買いに寄ってもいいか」

河喜田に言われ、大輔はちらっと視線を向ける。

「コンビニ？」

「そこにショップがある」

幹線道路沿いにコーヒーショップが見えた。ドライブスルーも併設されていたが、車を降りて買いに行く。大輔も一緒だ。トイレに行っている間に注文が済んでいて、河喜田オススメのフレーバーコーヒーを渡される。

ちょうど窓際の席が空いたのを見て、大輔は座って飲もうと誘った。西島が相談した内容をじっくり聞きたかったし、第三者がどう思ったのかも知りたかったからだ。

窓に向かって作られたカウンター席の端を河喜田に譲り、大輔は隣に座った。反対側は大学生らしき若い男だ。イヤホンをつけて勉強している。

「西島さん、なんて……」

コーヒーの香りを嗅《か》ぎながら切り出すと、河喜田は、思い出し笑いをするように目元を細めた。どこか性的な艶《つや》を感じさせる笑みだ。目元のせいだと、大輔は思った。笑っているのに、どこか物寂しい陰りがある。

「君が詐欺師に騙されているんじゃないかって、真剣な顔をしてた」

「騙されてなんか」

間髪入れずに言い返す。河喜田はなおも微笑んだ。

「西島はそう思っているんだから、仕方がない。あぁいう男は思い込みが激しいだろ？　言ったってわからない。だから、女をあてがってみることを提案した」

「えぇ……」

　大輔は顔を歪めて肩を引いた。今夜のことは、河喜田の入れ知恵だったのだ。余計なことをするなと言いたいのこらえても、顔に出た表情は取り繕えない。

「もう少しスマートな方法を取ると思ったけど……、おっさんはおっさん程度のやり方だったな。風俗は浮気に含まないタイプだろ、君」

「……なんですか。その決めつけ」

「西島はそう言ってたよ」

「余計なことをペラペラと……。昔のことだし、飲んだときの冗談みたいなもんで……、あんたに言い訳しても仕方ないけど」

「仕方ないね。男なんてそんなものだ。……西島の気持ちも察してやってくれ」

　ちらりと視線を向けられ、大輔はうつむいた。もごもごと口元を動かし、尖らせたくちびるを開く。

「想像はつきますよ」

「でも、納得はいかないか。『禁断の恋』だもんな。しかもたっぷり甘いときてる」

　コーヒーを口に含み、河喜田は窓へ向く。遠くを見る目がわずかに潤んでいる。

「まるでロミオとジュリエットだ」

　歌うようにうっとりと言われて、

「は？」

大輔は声を尖らせた。バカにされている気がしたからだ。

河喜田は振り向かずに続けた。

「お互いに、自分のことしか見えてない。ロミオでいられないのなら名前を捨てて、ただの男になって愛してるなんて、笑わせるだろ」

「説教するつもりなら、時間の無駄だから。あんたは、なにも知らないし。……聞きたくない。西島さんは俺とあいつを別れさせたいと思ってんだろ。それで……、俺が本当にホモになったのか、試そうとした……」

口に出すと気が滅入った。『男がいいんじゃなくて、あいつだからいいんだ』なんて、言葉にしたら恥ずかしすぎる。それに、大輔の性的な指向と、田辺を選んだことは別の問題だ。

「西島は……、あぁ見えて、君たちを別れさせたいとは思ってない」

河喜田が振り向く。

「あいつはね、どうしたら、君を失わずにいられるかを考えてる。『骨のあるやつなのに』ってぼやいてたよ。これだけ一生懸命、骨が強くなるように小魚食わせて育ててるのに、岩下のところのトンビにさらわれるなんて、最低だって」

ふふっと笑った河喜田は、テイクアウト用のフタへ薄いくちびるを押し当てた。まだ熱いコーヒーをすする。

「大事にされてるんだ、君は」

「……俺なんか、ろくなもんじゃない」

大輔はうつむいた。ヤクザに薬物を盛られ、目が覚めたら犯されていた。それが腹立たしくて、ズルズルと続いたのが、田辺との関係だ。

いつしか快楽に溺れ、弱みを握られながら優しくされて、好きになってしまった。

「西島さんの足を引っ張るだけだ」

「先輩の足なんて、引っ張るためにあると思うけど……。まぁ、それはいい。いまの君には、誰の言葉も響かないだろうしね」

「……間違ってるんですか」

河喜田がどこまで知っているのかはわからない。でも、知っている範囲での考えを聞いてみたかった。

「好きなヤツを守るために、この仕事を辞めるのは、間違いなんですか」

「……酔ってるのか？」

意外そうに眉を跳ねあげ、顔を覗き込んでくる。河喜田はひょいと肩をすくめた。視線がそれていく。

「まいったな、かわいい顔、して……。俺の好みは、西島みたいな汚いおっさんか、君みたいなバカ正直で精力のありそうな男なんだよ」

「幅が広い」

「まぁ、精力と体力があれば、どっちでも、なんでもいい」

夜更けのオシャレなカフェで、いったい、なにを言い出すのか。

でも、河喜田をたしなめるつもりはない。おとなしく口をつぐんでいると、視線が戻ってくる。

「いい子だなぁ。こんなにいい子だとは思わなかった」

コーヒーカップをカウンターに置いて、河喜田は身体ごと向き直ってくる。長い人差し指の関節が、大輔のあご先を撫でた。

「もう少し、西島にも付き合ってやってくれないか」

「仕事を辞めるな、ってことですか」

「西島が適性を見極めるまでのことだ」

言っている意味がわからない。大輔が顔を歪めると、河喜田は嬉しそうに微笑んだ。会話の内容とは不似合いな表情に、ただ嫌がらせを言われているだけのような気がしてくる。

「あの……、俺は真面目に話してます」

「こっちも最大限に真面目だ」

そうは見えないが、大輔はおとなしく引きさがった。

河喜田の方が一枚も二枚も上手だ。

「なんの適性なんですか」

「うん？　……西島の、相棒」

河喜田の言葉に、大輔は首を傾けた。

いまだってコンビを組んでいる。適性ははっきりしているだろう。意味がわからない。酔っているせいかだろうかと考え始めた大輔の頬を、河喜田の手の甲がそっと戻した。目を覗き込まれ、じっと見つめられる。周りからどんな目で見られているのか気になって視線をそらす。

店内に背を向けている大輔から見えるのは、レジカウンターぐらいだ。

「ロミオとジュリエットは、実家が敵対しているから意味があるんだ。そうじゃなくなったら、恋の魅力が半減するかもしれないよ」

「そういうドキドキのないところへ、行きたいです、いっそ」

「……なるほど。見た目以上に、手堅い。給与の使い道は？」

「え？　いまは、別に」

「パチンコも競馬もしないの？　麻雀《マージャン》も？」

「しません、けど」

「趣味は」

「格闘技と野球をテレビで観ること……。なんですか、これ」

「自分が殴り合うのは好きじゃないの？」

「痛いから……」

ついつい本音で話してしまい、自分が補導された少年になったような気がしてくる。あご下に添えられたままの河喜田の手を掴み、そっと押し下げた。

「からかってるんですか」

「うん。からかってる。あの男にはもったいない気がして。……でも、まぁ、人の出会いはわからないしね」

大輔の指から逃げた河喜田の手が、自分のあご先をそっと撫でた。

「相手に……」

河喜田が言葉を切る。静かに息を吸い込み、ゆったりと話し始めた。

「相手にね、なにかすることばかりが、愛じゃない。……ちゃんと会話をしないと、良かれと思ったことも、裏目に出る。死んだふりをしてる間に、相手が本当に死んでしまうことはあるんだ。幼い浅知恵ほど危ない」

ロミオとジュリエットの筋書きだ。

「大人が恐れているのは、いつだってそこだ。取り返しのつかないことになって欲しくないと思ってる。でも、誰かに止められてあきらめられるものは、本当に欲しいものじゃない。あきらめたつもりでも、後悔はずっとついて回る。いま死ぬか、あとで死ぬか。それだけの違いだ。そういう情熱は、本人以外にわからない」

河喜田はまたゆるやかに息を継ぎ、言葉を選ぶように目を伏せた。意外にまつげが長い。

「一番大事なのは、なにを捨てるかじゃない。お互いがなにを望むかだ。間違えるな」

河喜田の目が、大輔を射抜く。真剣なまなざしを向けられ、一瞬だけたじろいだ。ほんの一瞬のことだ。大輔はすぐに姿勢を正す。

視線を合わせたままでうなずくと、河喜田も真顔で続けた。

「ふたりでいたいなら、答えはひとつずつじゃない。ふたりでひとつだ。わかるな？」

「……わかる」

「以上が、西島からの伝言」

さらりと言われ、

「え？」

大輔は拍子抜けした。

「いやいや、またぁ……。それはないでしょう」

ははっと乾いた笑いをこぼす。そんなことを西島が言い出すとは思えない。

「さっきも言っただろう。西島の相談は、君たちの関係を潰す方法じゃなかった、って」

「マジで……」

「もう少し、マシな返しはないのか……。そういうところは本当に、西島の後輩って感じだな」

　口では貶《けな》しているが、顔は笑っている。しかも、冷笑ではなく、好意的にすら思えた。

「前途は多難だろう。相手の上司は、岩下だしね。それでも打つ手はある。ただし、見た目だけの正義感じゃ、この先は生きられない。相手の汚れた部分を拭って、見た目だけきれいにしてやることが優しさでもない」

「……わかってる、つもり……」

　大輔の声は小さくなって途切れる。くちびるを噛んで、うつむいた。

　怖くないと言えば嘘になる。恋を言い訳にして突っ走り、すべてを投げ出してしまいたいと思うのは、なにもかもが怖いからだ。

　自分の人生を捨てることも、田辺を失うことも、この先のふたりのことも、考えれば考えるほどこわくなる。

「……呼び出せば？　たぶん、君をここから送るのは、俺じゃない」

「無理、です……。なにも言えない」

「言えるだろ。先輩に無理やりヘルスへ押し込まれて、怒り狂ってケンカしてきたって、そう言えばいい」

「いま、そういう気分じゃない……。あんた、いい話してくれたばっかりなのに」

「そういうところがダメなんだ。自分のかわいさは、最大限に利用するんだよ。おまえの先輩なんて、どれほど俺をじらして利用しているか……。ほんと、いつか犯してやる」

ほくそ笑んだ河喜田は本気だ。真面目そのものに言って、ジャケットのポケットを押さえた。携帯電話のバイブ音がかすかに聞こえる。

「ほら、見てみろ。怒られてショゲたヤツが、性懲りもなく甘えてきてる」

取り出した携帯電話を振り、河喜田はカウンターのイスから下りた。電話をしてくると言って、店を出ていく。ガラス戸の向こうで話しているのを見ながら、大輔は自分の携帯電話を取りだした。

迎えに来られないようならタクシーを呼ぼうと考えて、田辺に電話をかける。五回目のコールで切られて、今夜はダメかと肩を落としたところで折り返しが入った。

『すぐに出られなくて、ごめんね。どうかした？』

息を切らした声が聞こえた瞬間、大輔は小さく震えた。

「いや……あの、西島さんと、ケンカして……。それで」

『すぐに迎えに行く。どこにいる？』

答える田辺の声は真摯《しんし》だ。普段から仲のいい西島との諍《いさか》いは大問題のひとつに入るのだろう。

「飲んでるんだろ？」

『タクシーで行くから』

「金かかるし」

『大輔さんのために使わないで、誰のために使うんだよ。そんなつまらないことは言わなくていいから。ひとりで平気？　一度切るけど、だいじょうぶ？』

そんなに気を使うほどのことじゃないと、いつもなら笑えるところで笑えなかった。女の子じゃないし、身の危険にさらされたわけでもない。

それでも、西島との関係を知っているからこその気遣いが嬉しかった。大輔の声色で、ケンカの度合いを想像したのだろう。

「……うん。待つぐらいは」

強がった返事はせず、大輔は素直にうなずいた。

『タクシーを捕まえたら、また電話するから』

「場所、メールする」

『うん。すぐにね』

電話を切った大輔は、現在地のデータをメールに添付して送った。すぐに既読のマークがつく。そこへ河喜田が戻ってきた。

「連絡ついた？　じゃあ、俺は西島を拾いに戻るから」

「……ありがとうございました」

イスから下りて一礼すると、ぽんぽんと頭を叩かれた。

「俺と会ったことは、誰にも言わないように」

指先をくちびるの前で立てた河喜田は、にやりと笑う。

「君に近づいたと知ったら、西島が怒る。説教するのは好きだけど、怒られるのは嫌いだからね」

「わかりました。誰にも言いません」

「でも、教えたことは忘れるなよ？」

テーブルに置いたコーヒーカップを引き寄せるついでに、河喜田が顔を覗き込んでくる。

「いつか何倍にもして、返してもらう。それまで貸しだ」

「いや、なんかすごく怖いんですけど」

「これぐらいでビビるな」

いかにも裏のありそうな笑みを残し、河喜田が店を出ていく。残された大輔が口をつけたコーヒーは、まだ温かい。

河喜田は誰にも言うなと釘を刺した。きっと、田辺にも言わない方がいいのだろう。

西島の策略で風俗店に押し込まれたことよりも、河喜田のような男とふたりでいたことが誤解を生みそうだ。

女の子の胸は柔らかくて懐かしかったけれど、それだけだったという話で、今夜は終わりにしたい。

田辺のマンションでついでのようにキスを始めて、そして。

明日は休みだから、どうとでもなる。

カウンターにもたれた大輔は、待ちきれずにカウンターを指で何度もなぞった。

それから、河喜田の言葉を反芻《はんすう》する。

前の結婚では、同じ目標を持つ必要さえ感じなかった。籍を入れたら、別れることはないのだと思い込んでいたぐらいだ。

嫁だった倫子との結婚生活が脳裏をよぎる。どれも後悔ばかりの記憶だ。いまの自分なら、絶対にしないことばかりに思えた。

若かったからじゃない。幼稚で、空威張りの男だったからだ。言われたことだけをこなせば満足して、相手のことを少しも考えていなかった。

そんな大輔を変えたのは、田辺だ。優しい甘やかしを受け、大輔は自分にも他人にも優しくなれた。誰でも心に傷があり、どこかさびしいものだと、いまはわかる。

甘える権利だって、平等だ。

手元の携帯電話が鳴り出して、画面に『あや』と表示される。大輔はくすぐったいような気分で電話を繋いだ。

「それで、ケンカになった原因ってなに？」

背後から声が聞こえ、ジャケットを脱ぐ手伝いの手が伸びてくる。

タクシーで迎えに来た田辺とともに帰りついたマンションの寝室だ。

生返事をしながらジャケットを脱いだ大輔は、ベルトをはずしてスラックスも脱ぐ。片腕にジャケットをかけた田辺に渡すと、しわにならないように吊るしておいてくれる。器用な動きをひとしきり眺め、大輔は寝室を出た。シャワーを浴びるため、浴室へ向かう。

タクシーの中でも、だいたいの事情聴取は受けた。本物の刑事と違い、インテリヤクザな田辺の問いかけはソフトだ。しかし、大輔は答えあぐねた。一方的にキレただけで、殴るまでには至っていないこと。原因が田辺じゃないこと。このふたつは話したが、肝心の理由については口ごもった。

手早く髪を洗って出た大輔と入れ違いに、田辺もシャワーを浴びる。

脱衣所に出された大輔用のルームウェアはグレーで、スポーツブランドのセットアップだ。ジョガーパンツと、フード付きのジップアップ。真っ白なTシャツを肌着代わりに着る。

冷蔵庫からスポーツドリンクを取り出し、肩にかけたタオルで髪を拭《ふ》きながら、テレビの前に陣取った。ソファにもたれて座る。ニュース番組は終わり、だらだらとした深夜番組が始まっていた。

笑いながら見ていると、シャワーを終えた田辺がリビングへ入ってくる気配がした。大輔と同じようにキッチンへ寄り、テレビの前にやってくる。

ソファのど真ん中に座っていた大輔は、テレビを消しながら横へずれた。大輔の左側に腰かけた田辺は、ボートネックのカットソーにワイドパンツを穿いている。ベージュが基調で、質感は上質で柔らかい。

ドライヤーで乾かしたばかりの髪が額へふわりとかかっていて、気を抜いたようなリラックス感に大輔の心は揺さぶられた。

呆《ほう》けたように見つめてしまい、ハッと息を呑む、慌てて表情を引き締めると、今度は田辺の頬がゆるんだ。

大輔は視線を宙にさまよわせ、小さく息をつく。

「西島さんとケンカになったのはさ」

話し出してはみたものの、言わなくてもいいことじゃないかと、不安が胸をよぎる。寸前で逃げてきたが、風俗店へ入ったことは確かだ。余計な心配をさせることはないし、それよりも、怒らせてしまったらどうしようかと迷う。

ちらりと視線を向けて、様子をうかがった。田辺はもちろん大輔をまっすぐに見つめ、続きを待っている。

「えーと、あーの、な……」

「うん」

優しげに微笑まれると、余計にバツが悪い。大輔はバリバリと耳の裏を搔きながら思い切った。

「ヘルスに連れていかれたから……さ」

「え？」

驚いたように言われ、大輔はバッと田辺の肩を摑んだ。

「ししし、してっ、な……っ」

「落ち着いて」

「いや、だって、おまえ……違うし……っ」

支離滅裂になりながら飛び上がり、ソファの座面に正座する。

田辺が困ったように顔をしかめたからだ。苦笑交じりに見つめられ、大輔はたまらないほど、いたたまれなくなる。

「入ったのは、酔ってたからで……っ！」

勢いよく言うと、

「あ、うん……」

田辺はたじろいだように肩を引いた。大輔はひと思いに続ける。

「入ったって、店だからな。それで、出たんだけど。いや、あの、店を、な、店を出て。

なにもしてないって証拠はないんだけど、なにもしてなくて、いや、胸は触ったけど、触っただけで揉んでもないし、……え、揉んだかな？　いや、してない、うん、してない」

自分の手をじっと見て、深くうなずく。

顔をあげると、啞然とした田辺が浅く息を吸うところだった。

「要するに、西島さんと酔っ払って、ノリで風俗へ行ったたってこと？」

「違う」

ぶんぶんと頭を振った。

「遊ぶ気もなかった。風俗は浮気じゃないとか言われて、頭にきた。俺が女と遊べば、おまえと別れるって、そう思われてて」

「……罠にかけられたわけだ」

同情するような田辺の声色に、大輔はうつむいた。急に心が冷えて、西島の言おうとしていたことの意味を悟る。

女との肉体関係を思い出させようとしたのは、田辺との関係に大輔が依存していると思うからだ。そう気づいて、胸がぎゅっと痛む。

西島の心配も本物だ。深入りすればするほど、大輔が傷つくと知っている。

もしも田辺が大輔を裏切ったら、裏切られたと思うようなことがあったら。依存が深ければ深いほど、大輔は痛手を負ってしまう。

「大輔さん。本当に、それだけ？　俺と別れろって、責められたんじゃないの」

「いや……そうじゃない」

ソファに座り直し、大輔は膝を片方だけおろした。田辺の手が伸びてきて、右頬を包む。指でそっと肌を撫でられた。じわっと情感が溢れ、大輔は目を伏せて言う。

「もし……。もしも……、俺が仕事で女を抱いたら、おまえはどう思う？」

「そんなことは刑事の仕事じゃないだろ」

そう言って笑った田辺は、すぐに言葉の裏を読み取る。笑いが途切れ、真顔になった。

「いまはもう、大輔さんとしか、してない。こっちこそ、証拠なんて出せない」

「だから、俺が遊んできても、怒らないつもりか」

「なにもしてないんだろ？」

「抱きつかれたし、胸も揉んだ」

「……その気になったわけだ」

「なったわけじゃない」

自分がなにを言いたいのか、わからなくなってくる。

田辺がため息をつく。面倒に思われているようで、大輔の心はしゅんと萎えた。言いようのない寂しさに襲われ、目を伏せたまま戻せなくなる。淡々とした田辺の声だけを聞く。

「先輩に言われて、俺のこと、信じられなくなった？　俺がほかのやつとヤってるなら、大輔さんも女を抱きたいの？」

「……違う」

「思ってることがあるなら、言ってくれないかな。選択肢が多すぎてわからない。本当はしてきたけど、してないことにしたいなら……」

「してないって、言ってんじゃん！」

うつむいたままで、大輔は叫んだ。

「違うって、言ってんじゃん。おまえが俺を好きなのは知ってるし、わかってるし、俺もおまえが好きだ。でも、でも……」

勢いのまま突っ走って、言葉が詰まる。焦りながら両手の拳を握りしめた。田辺の手は、大輔の頬に当てられたままだ。そっとかすかに、体温が移ってくる。

離して欲しくないと思う。その気持ちが、うまく説明できない。

大輔は小さく息を吸い込み、田辺の胸元を見つめながら言う。

「生の下着姿を見たら、反応した」

「……するだろうね」

冷静に言われ、カッとなった。大輔が顔をあげて睨むと、田辺はソファにもたれた。指が頬から離れていく。

「大輔さん、男だしね。……グラビアで抜くんでしょ？　ムラムラくるのは当然で……

え？」

苦笑いを浮かべていた田辺が、唐突にソファから身体を起こした。大輔は身をよじって逃げようとしたが、右腕を掴まれる。

「してないの？　ひとりのとき……」

「おまえは、どうなんだ！」

腕を振り払おうとしたが、そのままソファに押し倒される。

「どうして、そう……、かわいいことを」

「なにが！」

「自分がなにを言ってるか、わかってる？」

「だから、なんだよ」

そらしかけた視線を戻して、まっすぐに田辺を睨む。欲にまみれていても整って見える顔立ちだ。

「俺でしかイケなくなったはずなのに、女とやれそうでこわい、って、そういうことじゃないの？　大輔さんが言おうとしてるのは……」

「いいい、言って……、言って、ない！」

身体がカァッと熱くなって、顔まで火照る。

「真っ赤だよ」

余裕の微笑みで指摘され、大輔は声を裏返しながら怒鳴った。

「お、怒ってんの！」

説得力はまるでなく、田辺がぐっと胸を近づけてくる。

押し倒されている大輔は慌てた。

「あや……っ」

「はい、大輔さん。あんまり俺を心配させないで」

手首を握られたかと思うと引きあげられ、だらんとした指にキスされる。

「女に反応したぐらいで罪悪感を持たれたら、心配で、ひとりにできないだろ？　ずっとそばに置いて、ずっと俺が愛撫して、かわいがっていたくなる。……わかる？」

指先に息が吹きかかり、そっと頬ずりされる。笑えるほど気障な仕草なのに、大輔の腰は、じわりと熱を持ちながら震えた。

田辺の手が大輔の足を促し、もつれ合った体勢が整う。ソファで仰向けになった大輔の膝の間へと、田辺は身体を移動させる。くちびるが近づき、大輔の頬を滑った。

「そんなこと、しないから」

ずっとそばに置くような束縛は、お互いの望むことじゃない。

ささやきを受け、大輔は自分から顔を動かした。くちびるを合わせると、下半身には田辺の太ももを感じた。自分から押しつけるように腰が動いてしまう。

そういうことが、もう恥ずかしくない関係だ。

「俺のこと、思い出した？　だから、遊ばないで店を出たんだろ」

田辺に問われて、大輔は答えずにキスを返す。

「……んっ」

ぎゅっと押しつけたくちびるの隙間から、どちらからともなく舌を這《は》わせた。ぬめった肉片が艶めかしく絡み合い、いやらしい雰囲気が盛りあがる。

そんなときに現実へ引き戻されたくない。

そもそも、大輔が風俗店を利用するのは、酔っ払ったあとのシメのようなもので、女が欲しいから行くわけじゃなかった。スポーツのあとでサウナに入るようなものだ。

その価値観を田辺に知られ、いまさら軽蔑《けいべつ》されるのがこわい。だから、都合のいいようにごまかしたくなる。男はあさはかだと思いながら、自分にのしかかっているのも男だと気づいた。

握られた指を動かし、ぎゅっと握り返して引き寄せる。

嫌われるのも、離れるのも、嫌だと思う。ずっと、こうして、恥ずかしいほどそばにいたい。

自分にこんな独占欲があることを知るたび、大輔はどうしようもなく戸惑った。佐和紀との過去を怪しんだときも嫉妬《しっと》したが、それよりももっと根本的だ。

「あや……。俺……」

肩に腕を回し、のけぞるようにしながら腰を押しつけた。

ムラムラと湧き起こる欲情は、女の胸に触れたときとは比べものにならないほど強い。

「明日、愛し合う予定だったのに……ラッキーだ」

耳元でささやかれ、ぞくっと背筋が痺れる。しがみつきながら、くちびるを重ね、大輔は浅い息を繰り返す。

「ねぇ、大輔さん。本当に、触っただけ？　どれぐらい？」

田辺の手が、大輔の上着のジッパーをおろす。Tシャツの裾から忍び込んだ指が、肌を這った。胸筋が手のひらで包み込まれる。

「こんな感じ？」

「……ば、か」

「違うの？　じゃあ、もっと強く？」

言いながら、手が動いた。下から押しあげるようにされて、うっすらとした筋肉を摑まれる。ゆっくりと揉みしだかれ、刺激に勃起した乳首が手のひらにこすれた。

「っ……ん」

「女の子も、ここが立ってた？」

「ひ……っ、んんっ」

きゅっと摘《つ》まんだ刺激に腰が浮く。田辺の引き締まった太ももと、大輔の昂ぶりが、こりっとかすかに触れ合う。布越しのもどかしさも快感で、大輔はくちびるを開いたまま、はぁはぁと乱れた息を繰り返した。眼鏡をはずした裸眼の田辺に顔を覗き込まれる。いつもよりも優しい瞳が大輔を映す。

「やらしい顔……。するよりされたくなったんじゃないの？」

「悪い、か……」

むっとして睨みつけると、鼻先にキスが落ちる。

「ごめん。悪くない。……嬉しい。どうせ、本能じゃ女には勝てないから。だから、ね」

田辺が腰をあげながら離れ、大輔のジョガーパンツを下着ごと摑んだ。大輔が腰をかすかに浮かすと、両方がずるっとずらされる。

尻が剝き出しになり、そのまま脱がされてしまう。

「あんたは『男』なんだよ、大輔さん。女の代わりにするつもりはないし、俺だって女の代わりにはなれない。いまさら、女を抱いても、前には戻れないだろ？　お互いさまだ」

ソファの背もたれ側にある大輔の左足を担ぐように抱えた田辺は、顔のそばにあるくるぶしにくちびるを押し当てる。舌が肌を這い、ぬめった感触が性感を煽る。

大輔はたまらなくなり、Tシャツの胸元を摑んだ。下半身がぐんと勃起する。

「俺だって、もうこんなに……」

田辺がワイドパンツを下げると、いきり立ったモノが解放されたように飛び出した。すでに臨戦態勢だと思えるほど反り返っている。

思わず喉を鳴らしそうになり、大輔は慌てて顔を背けた。

「大輔さん。あんたがどうしてもって言うなら、女を抱かせてやってもいい。だから、したいときは俺に言って。酒を飲んで酔っ払って、すっきりしたくなっても……、今度からは俺に連絡して」

「連絡してどうするんだよ……。確認でも取るのかよ」

「そう。……俺のことを想いながら罪悪感で射精するけどいいかって、聞いて……」

「……おまえなぁ」

どんな冗談だと笑いそうになった大輔は、自分を見る田辺の表情に気づき、ドキリとした。凜々《りり》しい表情は険しさを含んでいる。でも、怒っているわけじゃない。ぐっとこらえた感情は嫉妬だ。

田辺はいまも嫉妬している。

「そんなの、萎えるに決まってる」

大輔は自分の下半身に指を伸ばした。右手でしごき始めると、田辺も自分のものを触り出す。担がれたくるぶしへの愛撫も続き、ねっとりとした舌先のいやらしさで肌が熱くなる。全身がじわりと汗ばんでいく。

興奮を感じて見あげる先には、同じように平常心をなくした田辺がいた。荒く乱れた息をこらえながら、股間をしごいて自慰にふける。くちびるが吸いつくのは大輔の足だ。

頬を寄せたままでなにげない流し目を向けられ、大輔は息を呑んだ。手のひらでぎゅっと股間を握りしめた。そのまま、しごく。先端へ、根元へ、手筒を上下させる。

「んっ……はっ、ぁ……イ、きそ……」

募った快感を逃がしていると、田辺が素早く服を脱いだ。全裸になり、大輔の足の間に膝をつく。顔を伏せ、額《ぬか》ずいた体勢になる。

大輔が握っているモノの先端に田辺のくちびるが当たり、舌がねろりと鈴口を舐めた。同時に、Tシャツの上から乳首を探られる。

円を描くように爪《つめ》の先が動き、ピンと弾《はじ》かれた。

「ん……っ、ふっ」

淡い刺激を受け、大輔は背をそらしてのけぞる。続けざまに、ぞわぞわと快感が背筋を走りあがった。

「あぁっ、あやっ……」

低い声で唸《うな》るように呼ぶと、応《こた》えたくちびるが大輔の屹立《きつりつ》を包んだ。ねっとりと唾液《だえき》を溜《た》めたそこは、くちびるごととろとろに濡れている。まるで、女の性器のようだ。

「んんっ。あっ……ッ」

横たわったままでいる大輔の腰が突きあがり、かくかくと揺れてしまう。罪悪感まみれで思い出す挿入感は背徳的でもある。自分のものを愛撫しているのが田辺だと、はっきり認識して身悶《みもだ》えるように腰を揺すった。

濡れた田辺のくちびるが女性器を想像させることがいやらしい。

「そ、れっ……あ、あっ。無理っ……」

大輔に声をあげさせる田辺は、わざと音を立てる。じゅぷじゅぷと水音をさせながら吸われ、大輔の腰はもう止まらなかった。

「いいっ……。も、……ぁう……んっ」

ソファの上で膝を立て、背もたれを掴んで腰を浮かす。うまく合わせてくれる田辺の動きに翻弄され、大輔は必死になった。腰を上下に振り、乳首への愛撫に射精欲を募らせる。

「あ、あ……、い、く、いく……」

絶頂へ駆け上がろうと動きを速めた大輔の腰が、そのときになって、いきなり押さえつけられる。

「や、だっ……ぁぁっ！」

動きを封じられ、吸われてしごかれ、くちびるで責め立てられる。いままでのセックスの記憶が膨れあがり、パチンと弾けた気がした。

どの女に挿入したときよりも、いまが一番、気持ちいい。

「ん、んっ、いく、いく……。あやっ……い、く……っ」

じらされることなく、最後は根元を手でしごきながら促される。絶妙のタイミングの、絶妙な解放感が全身を包み、大輔は息を止めながら田辺の口の中で射精した。

「はっ……、ぁ……はぁっ……」

半ば放心状態になって、天井を見つめる。手探りで田辺を探すと、指を握り返された。上半身を起こしながら引きずり寄せ、かき抱いてくちびるを探す。

「待って……」

大輔のくちびるを親指でなぞり、身を引いた田辺はスポーツドリンクを飲んだ。大輔が出した体液は多く、飲めるような量じゃなかった。テーブルの上にはいつの間にか、丸まったティッシュが転がっている。

口の中をキレイにする必要なんかないと思い、大輔は待ちきれずにくちびるに触れている親指へ吸いついた。

「大輔さん……」

甘いささやきとともに、親指の端から田辺の舌も這ってくる。濡れた音をさせながら、ふたりの舌が絡む。

「ここで、してもいい？」

確認されてうなずくと、田辺はテーブルの下についた小さな引き出しから小分けパックのローションを取り出す。大輔はのろのろと身体を起こした。背中を向けようとしたが引き止められ、座面に寝転んだままで腰を引かれた。

「足、開いて」

そう頼まれたが、首を振って拒む。

「恥ずかしいの？　じゃあ、なおさら、して欲しいな」

軽く閉じていた足の間に、田辺が身体を押し込んでくる。

「いつものかわいいカッコをして？　膝を抱えて、俺に奥まで見せて」

「……変態」

悪態をつきながらも、大輔は両膝を開いて抱える。腰の下に田辺のワイドパンツが押し込まれた。タオルの代わりだ。

「ん……」

ぬるっとしたローションが尻の割れ目に這う。田辺の指はどれも濡れている。

「大輔さんのここ、期待してるみたいだ。ひくひくしてる」

「してない」

「してるよ。だって、ほら、もう入る……」

指先がくぷっと入り込む感覚がした。

「ローションが……」

首を振りながら否定しても、すべてはいまさらで、単なる形式だ。

「ローションだけでこんなに入るかな。ほら、もう二本。奥までいけそう」

「んっ……ぁ」

田辺の指はいつもより性急だ。ぐいぐいと出入りして、開いたり塗りつけたり、よく動き回る。恥ずかしさを感じる間もなく喘がされた大輔は、自分をじっくりと眺めている男を睨んだ。

「見てる、だけ、か……？」

「まさか」

ふっと微笑んだ笑顔は甘く優しい。けれど性的だ。腰をぞくっと震わせた大輔は、両膝を田辺に任せた。

膝裏を押さえつけながら迫ってくる胸に触れ、こじ開けられる苦しさに喘ぎながら、首筋へと腕を絡みつける。

「くっ……んっ」

急いでほぐした分、いつもよりもきつい。それとも田辺が大きいのか。

大輔が顔を覗き込むと、余裕のない表情に見つめ返された。

抱かれている実感が芽生えて、大輔の身体はいっそう熱くなる。

「……締めたら、痛い」

田辺が顔を歪めた。大輔のくちびるにキスをしてくる。

そのままディープに舌を絡め、身体で揺すられる。楔《くさび》が奥へと差し込まれた。

「あ、あっ……、も、無理……っ、あや、無理……」

硬く張り詰めた性器にずりずりと内壁をこすられ、大輔は震えながらしがみつく。慣れた快感は気持ちよくなることだけを約束して、今夜も新鮮だ。

「ゆっくり、するから」

ソファの背を摑んだ田辺は、言葉通り、ゆっくりと腰を動かし始める。形がわかりそうなほどしっかりとした先端が大輔の身体の中でのたうつ。その動きに、大輔の敏感な内壁は悦を得た。大輔の息が乱れ、細い声が喉に詰まる。

「気持ちいいよ、大輔さん」

本当はもっとガツガツ動きたいのをこらえているのだろう。田辺の引き締まった身体も火照り、内側から大輔を押し広げて責める。

「あっ、あっ……」

「今夜は無理させないから……。明日は約束通り、奥までたっぷりさせて。じっくりほぐしてあげるから、ね」

「んんっ……んっ……」

浅い場所をズボズボと出入りする悩ましさだけで、大輔はもうじゅうぶんに気持ちがいい。それでも、また別の快感があることも知っている。

奥の深い場所を、乱暴だと感じるほど強く突きあげられ、快感に泣きじゃくったところを抱きくるむように守られる。相反する行為の中でさらし合う欲望を思い出し、田辺の目を覗き込む。

「いまでも、いい……」

口に出した言葉の甘さに、大輔は気恥ずかしくなる。

自分がこれほどまでに甘くささやけるとは思わなかった。

言われた田辺は、欲望と愛情が入り交じった顔でせつなく微笑む。

惚れた相手の真摯な感情を受け止め、大輔は目を閉じながらしがみつく。指が、肌に食い込み、快感が淡く広がる。大きく息をして開いた胸の奥に、恋の痛みは微塵も感じなかった。

結局、明け方近くまでセックスをして、目が覚めたときにはすでに午後を回っていた。

眠っている田辺の隣から抜け出し、大輔はカウンターキッチンに立った。たまには目覚めのコーヒーでも淹《い》れてやろうと、準備に取りかかる。

どこになにがあるか、だいたいは知っている。

手際のいい田辺の動きを眺めてきたからだ。

お湯を沸かし、ペーパードリップの準備をする。キッチンにはカプセル式のコーヒーマシンも置いてあるが、田辺の朝はドリップ式のコーヒーだ。

「少しずつ入れないと、溢れるよ」

細口のポットを勢いよく傾けようとしていた大輔は、動きを止めて振り向く。キッチンの入り口にもたれた田辺は、パジャマの上だけを着ている。

裾から紺色のボクサーパンツが見えていて、剝き出しになった太ももはほどよく筋肉がついて形がいい。

「まず少し入れて、粉を蒸らして。それから溢れないように、お湯を足す感じ」

「……おまえ、やって」

急に不安になって頼んだが、

「大輔さんのコーヒー、飲みたーい。トイレ行ってくる」

くるっと背中を向けられた。パジャマの裾からちらっと見えたボクサーパンツの尻を目で追い、大輔はぐったりとうつむく。

「だから、なんで、男のケツで……」

ついつい目で追ってしまったばかりでなく、股間がほんの少し反応した。大輔の身体にはまだ情事のけだるさが残っている。深みをこじ開けられても物足りずに、のしかかってくる田辺の尻を掴み寄せた。その感覚が指にある。

「なんでもいいんじゃねーの。女とか関係ないだろ」

自分に向かって言いながら、ポットを少し傾けた。細口から熱湯が出る。

「蒸らすって、なんだろ」

ブツブツ言いながら、田辺がやっていたのを思い出して熱湯を回しかける。少し待った。

大輔が穿いているズボンは、田辺が着ていたパジャマの片割れだ。上には、別のTシャツを着ている。

「そうそう、上手だね」

戻ってきた田辺が、ぺったりと背後に貼《は》りついた。

「ケツを、揉むな」

ズボンの中に手を入れられかけて身をよじる。田辺は笑いながら、大輔の身体に腕を回した。

「いい匂い。大輔さんの身体の匂いと、コーヒーの匂いが混じってる」

「不純物が混じってんだよ、それ」

大輔が笑うと、田辺の手がポットを支えた。

「コーヒーの匂いが、ね」

振り向くように促され、キスをする。

「けっこう、入れたね」

「え、コーヒー、多かった？」

フィルターの中を覗いた田辺に言われ、大輔はたじろいだ。

「だいじょうぶ、なんとでもなる」

「……やり直してくれよ。おいしいのが飲みたい」

「牛乳で割ればいいって」

「嫌だって」

ポットを置いた大輔は、冷蔵庫に向かう田辺の背中へ追いすがる。

「じゃあ、大輔さんの分は作り直すよ」

「おまえのも」

さっと離れると、田辺も勢いよく振り向いた。

「あー、あーっ！　もったいないから！」

捨てようとしたのを見られて、キッチンから追い出される。

「本当に油断も隙もない」

「それはおまえだ。いい意味で」

「いい意味で？」

笑った田辺は嬉しそうだ。朝から機嫌がいいと思いながら、大輔はリビングから煙草を取って戻る。もう朝ではなく昼だと自分に訂正を入れて、カウンターのハイチェアに腰かけた。

煙草を取り出し、火をつけて、静かに煙を吸い込む。

田辺の動きを目で追いながら、昨晩のことを細切れに思い出した。泣きじゃくってしがみついたことは、とりあえず見ないふりですっ飛ばし、西島の話と河喜田の話を断片的になぞった。

酔っていたし、いろいろ話したから、覚えていることは少ない。それでも、西島が心配していることは理解できた。

あとは、河喜田の忠告だ。

ふたりでいるなら、答えはふたりでひとつ。

男女なら結婚だろうかと考え、そんな簡単なことじゃなかったと思い直す。浅い考えのままでは、前の結婚と変わらない。

倫子と大輔の関係では導き出せず、倫子が恋人となら導き出せた真理だ。それが、ふたりで選ぶ、ひとつの答えだろう。

「なぁ、あや……」

煙草を灰皿の上で叩き、灰を落とす。

「なに？　大輔さん」

嬉しそうにカウンターから顔を出してくる男を見つめ返し、大輔は肩をすくめるように笑い返した。素朴な幸せがくすぐったくて、ふたりともただの男だったらいいのにと心から思う。

でも、ありえないことだ。ふたりがもしも、刑事じゃなくてヤクザじゃなかったら、出会うことはなかったと知っている。田辺は女と愛し合い、結婚して幸せになるだろう。大輔は女とうまくいかずに途方に暮れている。

それでもやっぱりどこかで出会って、求め合ったりするだろうか。

するだろうな、と思い、田辺を見つめる。

もしもは、どこまで行っても、もしもだ。現実はいまここにしかない。目をそらしたら、手にした幸せも幻になってしまう。

「俺さぁ……」

言いかけて口ごもると、田辺は身を引いた。言いにくいことがあると悟って、コーヒーの準備で忙しいふりをしてくれる。

「倫子のこと、見に行きたいんだよな」

「子どもを見たいの？」

田辺はうつむいたままで言った。くちびるに少し浮かんだ微笑みを、大輔はせつなく見つめた。

「まぁ、それもあるかな。……元のあいつに戻ってるか、確認したい」

「どうして」

田辺が顔をあげた。大輔を見る目は、普段のままだ。

ただ、まっすぐに答えを待っている。

「おまえといたいから」

大輔の言葉に、田辺の目元が歪んだ。

「俺といることと、彼女と、関係がある？　ないだろ」

「……ない、かな」

「そういうとこだよな、大輔さん。あんたの嫌なところ」

「え。ごめん。そっか……、ごめん」

付き合ってる相手に頼むことじゃない。デリカシーに欠けた発言だったと反省した大輔は、煙草を吸おうとしてやめる。

田辺の反応が怖くて顔があげられず、いつもよりも時間をかけて火を揉み消した。

それでも気になって視線を向けると、目の前に田辺の顔があった。待ち構えて、ずっと眺めていたのだろう。いたずらっぽく笑って小首を傾げる。

「嫌なところも含めて、好きだけど」

やわらかくカールした髪が揺れて、大輔の胸を締めつけた。ふたりの間にある深刻なことを、田辺はすべて受け止めて単純化してくれる。好きと言えば済んでしまう程度に変えてしまう。

「別にいいよ。気を使わなくても」

うまく表情が作れず、大輔はぶっきらぼうに答えた。それでも田辺は微笑んだままだ。

「どうして俺に言ったの。こっそり行けばいいのに。考えなかった？」

「……ない」

「それは、勇気が出ないから？」

遠慮のない田辺の言葉に、大輔の頬が引きつる。

「もしも幸せじゃなかったら、手を貸すんだろうね。あんたは」

「……そんなこと、しない」

声は尻切れに小さくなり、大輔は両手で顔を覆った。身体中の息を吐き切るような、長いため息をつく。わずかな時間の中でめいっぱいに悩み、ふざけた口調で言った。

「そうです。勇気がないんですぅ……。だから、おまえに、ついてきて欲しくて。悪かったよ。変なこと言って」

「ちょっと、待って」

田辺がキッチンから駆け出してきた。

「それって、俺を誘ってたってこと？　……ん？　あれ？　そうか……、初めから、俺含みか」

　立ち尽くした田辺を見つめ、大輔はきょとんとしたまま首をひねった。お互いの認識のズレにやっと気づく。

「行く。一緒に行くから」

　田辺が大股《おおまた》で近づいてくる。手を握られ、腰に回すように促される。おもむろにぎゅっと抱きしめられた。

「なんだ……。あんたがひとりで会いに行くのかと思って……、それを俺に言うなんて冷たいとか……ちょっと、いや、けっこう拗ねた気分、した……」

「……あいつが、うまくやれてることは、知ってるんだ」

　田辺に抱きついた大輔は、ぐりぐりと額を押しつける。

「ただ、それをさ、おまえと見て、確認して、ちゃんとケジメをつけたいと思って」

　それから、ちゃんと向き合って、ふたりのための、ひとつの答えを話し合いたい。

　刑事を辞めてもいいと、そのときには話せるだろう。思いつきのような言い方じゃなくて、考えた末の結果としてだ。

　自分の人生のすべてが田辺のものであって欲しいと、そう思っていることを伝えたい。

「大輔さんのそういうところって、本当に、正義感のかたまりだね。男らしくて好きだよ。ね、刑事さん」

髪にキスされて、大輔の胸は疼いた。

昨日の夜、田辺に抱かれていたときには消えていた痛みが、また憂鬱《ゆううつ》に姿を見せている。

しかし、ちくちくと差し込む戸惑いも、いつかは消えてなくなるだろう。

親のためじゃない、世間のためじゃない。常識のためでもない。自分だけのために、田辺を選ぶ。

そのことを、この男には初めから最後まで、ぜんぶ理解していて欲しい。

身体を離した大輔は、イスに座ったまま伸びあがった。

田辺の首筋を引き寄せてキスをする。

いままでの自分の生き方をすべて否定しても、田辺だけがいてくれるなら、それでいい。

心底から思って、惚れてしまった相手を見つめる。

「そんな目で見ないでよ。コーヒーが冷める」

優しく言いながら、田辺の手はもう大輔のTシャツをたくしあげていた。

大輔もまた、田辺のパジャマのボタンをはずしにかかる。熱を求めて、肌へとくちびるを寄せた。

いまはまだ言い出せない言葉を、吐息に混ぜて、そっと吹きかけ、ふたりの人生を見つめようと努めた。

恋と媚《び》薬《やく》

平日とあって、葉山《はやま》マリーナの人出は落ち着いていた。クラブハウスに併設された地元のプリンショップが運営するカフェも休日ほどの混雑ではない。空席もあり、まったりとした雰囲気でなごんでいる。

いつもは山沿いの支店を利用するのだが、気候の過ごしやすさに誘われて、海沿いにテラス席のあるマリーナ店を選んだ。

秋風が薄雲を刷《は》く昼下がりのテラスで遅めの昼食を取る。三浦野菜のオーブン焼きとラザニアを分け合い、車の運転を田辺《たなべ》に任せた大輔《だいすけ》だけがクラフトビールを飲んだ。

海の向こうに富士山を探し、波間にウィンドサーフィンやヨットを数え、たわいもない話をたわいもなく繰り返すだけの休暇が過ぎる。

「このあとは、どうしようか」

食後のプリンを頼み、ニットジャケットを着た田辺が丸テーブルに肘《ひじ》をついた。

「帰って、寝る」

横並びで座った大輔は、マリーナの景色を眺めながら端的に答える。

そっけないような返事をしたのは、田辺のヘアスタイルがやけに色っぽく見えてしまうからだ。柔らかなウェーブのかかった髪が額に流れ、形のいい眉《まゆ》や繊細なアーチの眼鏡《めがね》にかかっている。それを弾《はじ》く指先の仕草も優雅だった。

田辺は自分の魅力を自覚していたが、同性の大輔に対しては、容姿や振る舞いで騙《だま》せると思っていない節がある。

しかし、とんだ見当違いだ。一緒にいる時間が増えれば増えるほど、田辺の新しい魅力に気づく。内面の豊かさにも驚く。すると、ささやかな仕草のひとつひとつが、いっそう眩《まぶ》しく見えてしまう。

そんなことは、恥ずかしいので教えたくなかった。

「ちょっと、トイレ。……おまえに行きたいところがあるなら付き合うけど？」

席を立ったついでのように付け加えた。

身を屈《かが》めて顔を覗《のぞ》き込む。伊達《だて》眼鏡の向こうで田辺の目が微笑《ほほえ》んだ。愛情を隠さない表情で見つめられ、大輔は戸惑った。つい、おどけてしまいたくなる。

繊細に整った田辺の顔立ちは、やはり、出会った頃とまるで印象が違う。

以前から確実にイケメンの部類には入っていた。男の大輔から見ても、女にモテそうな清潔感のある色男だった。

けれど、そのときは、きれいだと思わなかった。男に対して使う形容詞ではないと思っていたのかもしれない。

月日が流れるうちに、そんな大輔の気持ちも変化して、互いを知るようになってさらに見える景色は変わっていった。田辺の心も移り変わり、表情に影響したのだろう。

互いが以前と違うことは確かだ。

田辺は大輔をかわいいと評し、大輔は田辺をきれいだと感じる。いままで女を愛したような感覚で相手をたいせつに思うこともあれば、これまでとはまったく違う感覚で頼りに思うこともある。

背中を守りたかったり、抱きしめられたかったり、矢面に立ちたかったり、甘えていたかったり、ふたりの役割はくるくるとよく変わる。信頼は日々深まり、唯一無二の相手だと思うようになったことも、黙っていたって伝わる仲だ。

見つめ合えば、触れ合えば、口にしない言葉を察してしまう。

「考えておくよ」

田辺の微笑みに見送られて、大輔はテラス席のエリアを出た。カフェは一階にあるが、男性トイレは店外の二階だ。

用を済ませて戻り、半分ほど客が入っている屋内のフロアを横切る。

瞬間、大輔の足が止まった。

なんだって、こんなにも偶然の遭遇を繰り返してしまうのか。行動範囲が重なるにしても限度がある。そう思いながら、視線をはずせなかった。

カフェの隅に座っているのは、カジュアルなオフスタイルの岩下周平《いわしたしゅうへい》だ。そして、ニコイチセットにするには強烈な佐和紀《さわき》がいる。大輔には背を向けていたが、男にしては珍しい和装で彼とわかる。

足を止めたのはほんの一瞬のことだったが、岩下は間髪入れずに視線を合わせてきた。バチッと電流が走るような威圧感だ。萎縮《いしゅく》した大輔は直立の体勢を取りそうになった。黒縁の眼鏡をかけた岩下が精悍《せいかん》な頬《ほお》を、ほんのわずかにゆるめる。嫁にばれないように、そっとくちびるの前に指を立てて、はずした。

さりげない仕草にも濡《ぬ》れたような艶《つや》が滲《にじ》む。

背筋を震わせた大輔はそそくさとその場を離れた。楽しい昼下がりはお互いさまだ。できることなら、なにごともなく過ごしたい。

テラス席のテーブルへ戻ると、プリンにアイスが添えられたプレートはすでに届いていた。田辺は手をつけず、コーヒーを飲んでいる。

「食べても、よかったのに」

イスに座りながら言うと、田辺が無言でスプーンを差し出してくる。受け取ってアイスをすくい、口へ運ぶ。ひんやりとした甘さに満足して、にんまりと頬がゆるんだ。田辺もスプーンを手にする。

食後のデザートを分け合う田辺の表情は、なにの憂いもなく、穏やかで落ち着いている。誰《だれ》が見てもカタギの男だと思うだろう。外見の印象からすれば、大輔の方がチンピラまが

いのスジ者に見える。

岩下たちが店内にいたことは口にしない。

鉢合わせして嫌な気分になるのは、田辺と、男嫁の佐和紀だ。ふたりは、まさしく犬猿の仲で、顔を合わせれば不穏な雰囲気になる。

美形と美人。昔馴染《むかしなじ》みだったふたりの仲を、一時期の大輔は、胃が痛くなるほどに疑った。いまになって思えば、笑えるぐらいにとんでもない勘違いだ。

大輔が田辺と肉体関係を持ったからといって、美形と美人の男同士なら必ず惹《ひ》かれ合ってセックスしているなんて、思い込みもいいところだった。

いまでも田辺の携帯電話には佐和紀の写真が入っている。しかし、それだけのことだ。深い意味はない。岩下の写真だって入っているのだ。

若い頃の田辺もフレームインしたオフショットは、裏社会に踏み込んでいく田辺の心情を写し取っていた。岩下は当時から色気の強い二枚目で、写真の中では独特の気障《きざ》っぽさがあった。普通なら浮つきそうなカッコつけが、まるで映画俳優のようにぴたりとハマる。

そんなところが田辺を魅了し、悪の道へと引きずり込んだ。けれど、無理やりではない。田辺には田辺の、黒く染まる素養があっただけだ。

「どうしたの。眠くなった？」

顔を覗くように問われ、大輔はスプーンをくわえた。

ビールを飲んで、腹いっぱいに食べたあとは、眠くなるのが常だと思われている。それも間違いではないが、あんまりに子どもっぽいと拗《す》ねたくなった。

「ちげぇよ」

スプーンをくちびるから引き抜き、プリンを削る。むすっとした表情を浮かべると、テーブルに頬杖《ほおづえ》をついた田辺は柔らかく微笑んだ。

生クリームよりも甘い砂糖菓子のようだ。ふわふわとホイップされて、さくっと焼きあがり、一口食べた大輔の口の中でほどけるように溶けていく。そして、身体《からだ》の奥底へ沁《し》み込んでしまう。

男同士で見つめ合っていても、ほかの客たちの視線は気にならなかった。

田辺に目も心も奪われて、大輔はそれどころじゃないからだ。

穏やかな口調と優しい言葉。詐欺師の手口とは違う、根っからの甘やかしに囚《とら》われて、大輔は存分にふぬけてしまう。こういう関係を『バカップル』と呼ぶんだろうと思いながら、それがどうしたと蹴《け》っ飛ばしたい気分だ。

一世一代の大恋愛をしているのに、他人の目なんて気にする暇はない。

それに、気を張って仕事をしている大輔にとって、田辺と過ごす時間は安らぎだ。全身で受け止められて、身も心もゆるゆるに甘えられる安心感はなにものにも代えがたい。

だからこそ、自分からも優しさを返したいと思うぐらいに好いている。

「……おまえのアニキが、店の中にいたぞ」

会話に困った大輔が、つい口を滑らせても、田辺は驚きもしなかった。くちびるの端を引きあげ、店内を振り返る。腰を浮かせただけで確認できたのだろう。すぐに大輔へ向き直った。

「本当だ」

「目が合った。でも……」

岩下を真似《まね》て、くちびるの前に指を立てる。きりっとした表情もセットにすると、田辺は明るく破顔した。

「想像がつくよ……」

肩を震わせながら、大輔の顔に手を伸ばす。クリームでもつけていたのだろう。親指でくちびるの端を拭《ぬぐ》われた。田辺はそのまま自分の舌で舐《な》め取る。

「いまの顔、好きだな」

「かっこいいだろ」

ふざけて言うと、返答の代わりに見つめられる。まっすぐで熱っぽく、どこかうっとりとしたまなざしだ。

「……あや。おまえ、反則……」

睨《にら》みつけても、田辺には通用しない。さらに熱く見つめられてしまい、大輔はそっぽを向いた。胸の奥が苦しいほどに掻《か》き乱され、理不尽な怒りが田辺へと向く。

けれど、口にはしなかった。甘く見つめられたぐらいで拗ねていたら時間の無駄だ。できる限り、機嫌よく過ごしていたい。

「おまえってさ、岩下を目指してたんだっけ？」

「昔はね……。頑張れば、なれるんじゃないかと思ってた頃はある」

以前にも聞いた話だ。憧《あこが》れを抱き、服装や時計、香水や口調まで真似ていたのだ。

「真似するのが嫌になったのか」

「……止められたんだよ。本人から。……猿真似するようなヤツに用はないって言われたんだったかな」

「そのときは、なにして稼いでた？」

「悪いこと」

端的に言って笑い、コーヒーカップを口に運ぶ。ごまかされるかと思ったが、マリーナを眺めた田辺は話を続けた。

「俺はさ、大学生のとき、ネズミ講に誘われて、一財産作ったんだよ。おもしろいぐらいうまくいったな……。すぐに幹部クラスになって。……で、浮かれてるところをスカウトされたんだ」

「岩下に？」

「いや、違う。半グレってヤツかな。気がついたら、詐欺師の学校みたいなところにいてさ。わかるだろう。あぁいう世界は、いつのまにか、始まってる……」

大輔に経験はないが、警察官としては理解している。詐欺師の世界には指南役がいて、虎《とら》の巻《まき》と呼ばれる教科書や、被害者リストが受け継がれているのだ。

「それが嫌になった頃、あの人に会った。女と金の扱い方を教わって、憧れて……、別に役職なんかには興味はなかったけど、この人を男にするためにならいくらでも貢いでやるって、そういう感じ……」

昼下がりのほのぼのとした空気感の中で、田辺はどこか緊張しているように見えた。警察官である大輔を相手に、犯罪歴を話すようで気が引けるのだろう。それとも、単に、嫌われたくないと身構えているのか。

プリンを食べながら聞いている大輔は、うつむき加減にうっすらと笑った。

そんなこと、いまさら、あるわけがない。

どんな経歴であっても、どんな犯罪に手を染めていても、いまさら、嫌いになんてなれるはずがなかった。なりたくない気持ちの強さに、自分でこわくなるぐらいだ。

「岩下の運が強いのは、おまえみたいな男を摑《つか》めるところだな」

本心から言うと、田辺は目を伏せた。

「褒めてる……？」

小声で聞かれた瞬間、大輔の肌は一気に粟立《あわだ》った。言葉の中に隠された媚態《びたい》を、つぶさに感じ取ってしまう。

「え？　あ、あぁ……うん……」

みっともなくうろたえないように、腹に力を入れる。汗がじわっと額に滲む。

「もう、大輔さんのものだよ」

来るとわかっていてささやかれる甘い言葉に、大輔の身体は打ち震えた。電流のような痺《しび》れが身体の芯《しん》を貫き、喉《のど》で息が詰まってしまう。

スプーンを握りしめて耐え、白く輝いて見える海原を見つめた。

喉元までせりあがった言葉を飲み込み、くちびるを引き結ぶ。そんな大輔を見つめていた田辺は、申し訳なさそうに立ちあがった。

「……ちょっと、挨拶《あいさつ》をしてくる。大輔さんが秘密にしたと思われるのは嫌だから」

田辺の手が、そっと肩を撫《な》でて離れた。

大輔は静かに深呼吸を繰り返し、海を横切っていくヨットの帆を目で追う。

何度も何度も、田辺への気持ちを確かめては、覚悟を決める。自分が目指してきた未来からはずれても、それが淀《よど》んだ世界への入り口だとしても、田辺を失うことよりはよっぽどいい。

これが気の迷いだったとして、いつか深い後悔を味わうのなら、それも含めて受け止める気でいた。穏やかに流れる時間も、身を切るような覚悟も、見えない未来への不安も、すべては田辺と分け合うものだ。

そうやって生きていきたいと、本心から思ってしまったのだから、いまさら道は変えられない。なによりも、自分を好きになってくれた田辺の本気を知っているからだ。

こんなにも信じられる相手はほかにいない。たとえ、この先の人生で、ほかにも誰かが現れるとしても、一番初めは田辺だ。そのことは永遠に忘れない。

ふっと息をついて、大輔は腰を浮かせた。

田辺が心配になって店内をうかがうと、奥の席で振り返る佐和紀が見えた。まるで友達のように指先を振られ、妙な恐怖心が大輔の心を塞《ふさ》いだ。

岩下も佐和紀も、やはり精神構造が普通とは違う。

周囲を威圧するほどの存在感を持ち、異質なオーラを撒《ま》き散らしながら、平然と一般人の生活圏に紛れてしまう。

高等なヤクザは、擬態が上手い。それが恐ろしいところなのだ。

佐和紀に向かって会釈を返した大輔はうっすらと笑ってみた。

怯《おび》えたところで、なにも生み出さない。それどころか、彼らのような人種を相手にする場合、つけ込む隙《すき》を与えるだけだ。

田辺のために、彼らに気後れしないでいられる胆力や振る舞いを身につけなければと大輔は思う。つまり、田辺の隣にいて見劣りしないということだ。

考えた瞬間から不安がよぎり、苦笑してイスに座り直した。

大輔もまた、とんでもない相手を好きになってしまったのだ。

あの岩下が見つけ出して手元に置いた田辺を、自分のものにしてしまった。その上で、一生をかけて添い遂げたい、だなんて考えている。

誰にも渡したくないし、誰にも邪魔をさせない。

そんな独占欲とわがままな感情は、いままで知らなかった。

自分が抱えている剝《む》き出しの欲望を、大輔はまっすぐに受け止める。すべて肯定していく。いまのところ、それが望みだと言える自信だけが心の支えだ。

岩下たちが先に店を出て、見送りを済ませた田辺が席へ戻ってくる。

「今度から挨拶しなくていい、って」

イスに座って、安堵《あんど》した表情でコーヒーカップに手を伸ばす。

「これまでも、けっこうすれ違ってたんだよ。気づいてなかった？」

「……なかった」

大輔は呆然《ぼうぜん》として答えた。寝耳に水だ。田辺はかすかに笑って言った。

「行動範囲が一緒なんだよ。……ごめんね。俺の趣味が、あの人とかぶってるから」

「別にいい。おまえは、おまえだし。ここのプリンは、俺が好きなんだから。……向こうも遠慮してくれたんだろ」

「……岩下さんはね」

「うん？」

「新条《しんじょう》は、一緒にお茶したいとか言い出してたから、気をつけて。あいつは、ころころと気が変わるから」

「あ、あぁ……、なるほど。それで、あの笑顔……」

退屈しのぎに使われかけていたと気づき、身体がぶるっと震えた。

「あの男嫁は見るたびに勢いを増してるよな」

「まぁ、岩下さんが育ててるようなものだから。末恐ろしいことに違いはない」

「傍《はた》から見てる分には、変わっててておもしろいんだけどなぁ……」

「なにがあっても、関《かか》わらないで」

カップをソーサーの上に戻す音が、カチャリと響く。田辺の表情は真剣だ。

「たとえ、俺になにかあっても」

「やめろよ。そういうの」

「言っておかないと。大輔さんは飛び込んでいきそうだし、岩下さんも危ないけど、俺はね、新条と仲良くされるのが嫌だから」

断言した田辺は、テーブルを指先で叩《たた》いた。せわしない仕草に苛立《いらだ》ちが見える。

「べつに、惚《ほ》れないよ」

田辺の嫉妬《しっと》がかわいく思えて笑うと、意外にも拗ねたような視線が返された。

「そういうことじゃない」

「これまでに買った恨みのせいか……」

「ごめん」

「近づかないから、だいじょうぶ。心配すんなよ。向こうから寄ってきたときは、すぐに言うから」

「それ、本当によろしく。絶対に、ね」

田辺の指先がテーブルを這《は》い、大輔の手を摑んだ。思わず手のひらを上に返して、握りしめてしまう。

周囲の目があると気づいたが、肌のぬくもりを分け合う心地よさには勝てなかった。

「腹ごなしに……しない？」

照れ笑いを浮かべた田辺に誘われる。

「遅めに夜を食べて、あとはちゃんと寝かせてあげるから」

大輔の仕事を心配しているのだろう。夕食を済ませてからセックスをすると寝不足になりがちだ。

「あー……うん。俺も、考えてた」

口を合わせて言ったが、嘘《うそ》だ。本当はなにも考えていない。

ただ田辺を眺めているのに忙しい。それが大輔の休日だった。

＊＊＊

大広間で演奏される室内楽のメロディが、廊下を突き当たった個室へも響いている。

白壁の窓辺には豪奢《ごうしゃ》なカーテンがかかり、家具はすべてロココ調だ。ソファセットがドアから見て右側に置かれ、カフェテーブルとイスは窓辺に置かれている。

邸宅を貸し切って行われるパーティーは、名目こそ交流会だが、実際のところは裏カジノになっている。今夜だけで億の金が動く催しだった。

ベルベットが張られた窓辺のイスに腰かけ、カジュアルタキシードを着こなした田辺はテーブルに指を這わせた。暇を持て余して、ノックを繰り返す。ガラス板に爪《つめ》がぶつかり、カツカツと音を立てた。

交流会もカジノも、岩下に連なる系列だ。彼は元締めで表に出ず、舎弟たちがそれぞれの会社や団体を動かしている。カタギもいればヤクザもいて、どっちつかずな存在も少なくない。

「あー、疲れた！　ガラじゃないんだよなぁ！」

大きな音を立ててドアが開き、ブラックスーツの男がずかずかと入ってきた。小包を小《こ》脇《わき》に抱え、片手にカップ＆ソーサーを持っている。

「はい、これ」

まず紅茶の入ったカップ＆ソーサーをテーブルに置き、小包を並べた。中身は聞くまでもなく理解している。田辺が今夜のカジノで勝った金だ。

「なにがガラじゃないんだ」

「女を売り込むのに苦労したって話」

イスを引き寄せて腰かけた男は、紅茶のカップをテーブルの隅へ押しやり、煙草《たばこ》を取り出した。田辺が動き、ソファセットのテーブルから大理石の重たい灰皿を移動させる。

男は小声で礼を言った。オイルライターで煙草に火をつけ、うんざりした表情で煙を吐き出す。

岩下を介して知り合った昔馴染みの舎弟仲間だ。名前は塩垣健一《しおがきけんいち》。うねった黒髪をソフトに撫であげ、ヤクザらしい荒《すさ》んだ雰囲気をざらつかせている。彼のシノギは、風俗店やアダルトビデオ制作事務所に男女を斡旋《あっせん》することで、本人は岩下直伝の色事師だ。いままでも仕込みに関わっている。

「今夜は岩下さんが来てんだよ」

軽い口調で言われ、勧められた煙草に火をつけようとした田辺は固まる。

「なんか、やったのか」

ほんの一瞬のことを見逃さず、おもしろがるように笑われた。

「いーや、別に……」

静かに笑ってかわし、煙草の煙を吹きあげた。岩下との間で成立した手はずは、誰にも話していない。すべてのカタがつくまで秘密厳守だ。

「デートクラブの社長が替わって、どんな感じ？　もう会ったんだよな」

話題を変えて、健一を見る。デートクラブの社長となった岡村《おかむら》も、ふたりと同じく岩下の舎弟だ。しかし、健一と岡村は挨拶を交わしたことがある程度の仲だった。田辺を介して飲んだこともない。

そのふたりが新たに、取引先としての利害関係を持ったのだ。

「会ってるよ。……悪くはない」

にこりともせずに答える健一に悪意はない。そもそも、ダークサイドがよく似合うニヒルな男だ。

「俺にとっては、楽になったかもな。岩下さんの要求はシビアだから」

「あいつに社長が務まりそうか？」

「なんだよ、心配してやってんのか。まぁ、おまえは知っていると思うけど、そつのない男だろう。務まらないってコトは、まずないはずだ。なんていっても、岩下さんが指名したんだし……。間違いはない」

田辺がずっとそうだったように、健一も、岩下に対しては特別な憧れを抱いている。追い越すことはできなくても、追いつきたいと、それぞれに背中を追ってきた相手が岩下だ。

「おまえは差をつけられたな」

健一の目にからかいの色が浮かび、田辺は居心地の悪さを隠して煙草を吸う。かすかに笑って肩を揺らした。

かつての自分ならそう思ったかもしれないと自嘲《じちょう》する。しかし、いまはどうでもよかった。足抜けも決まり、これからは岡村とも健一とも距離をおいて付き合うことになる。

大輔のためであり、彼のそばにいたいと願う田辺自身の欲望のためだ。できることなら、これまでの暮らしをすべて捨てて、まっさらな状態で向き合いたい。しかし、どう考えても難しかった。

刑事として働く大輔に、変化を求めることになってしまう。田辺が完全に足を洗うなら、大輔も暴力団に対する部署から離れる必要がある。いっそ、交番勤務への逆戻りだ。

そんなことは頼みたくもないし、望んでもいない。だからこそ、ある程度の間合いを計り、裏社会からのフェイドアウトを狙《ねら》うつもりでいる。

健一とたわいもない世間話をしているうちに、ドアをノックする音が響いた。

若い男が入ってくる。ドアの内側に立った。

「ご歓談中、失礼します。岩下さんがお探しです」

田辺はさりげなく視線をそらし、腰を浮かせた健一が答える。

「わかった。……おまえは、行かないのか」

「いないことになってる」

煙草をふかして答えると、健一の手が肩に乗った。軽く叩いて離れる。

健一が黙ってさえいれば、今夜のカジノで稼いだことも知られずに済む。そのために換金を代わってもらったのだ。

「度胸があるよ、おまえは」

笑い声が尾を引いて、ドアを開け閉めする音がした。残された田辺は煙草を灰皿で休ませた。なにも考えずに目を伏せて、テーブルの上の包みを引き寄せる。

受け取るものは受け取ったのだから、長居をする必要はなかった。

煙草を揉《も》み消しながら席を立つと、喉の渇きを覚えた。紅茶がなみなみと注がれたカップが目に入る。手に取ってくちびるに近づける。芳醇《ほうじゅん》な紅茶葉の香りは消えておらず、まだ温かさが感じられた。ほんのり甘く、喉ごしも爽《さわ》やかだ。

「あ……」

ドアが急に開いて、忘れ物をした勢いの健一が足を止めた。

「ん？」

「……そのカップ、戻さないといけないんだ。飲んだ？　飲んだのか……、そうか……。まぁ、いいんだけど」

口早に言いながら部屋を横切った健一は、田辺の手からカップを引き取り、ソーサーの上に戻した。

「話が、まだあるからさ。悪いけど、待ってて。新しい飲み物を持ってこさせる」

紅茶を手にして、ふたたび部屋を出ていく。

閉まったドアを見つめ、田辺は首を傾《かし》げた。嫌な予感がする。

「まぁ、毒ってことはないよな」

ぼやきながらソファ席へ移動する。手にした小包を腰裏に隠してもたれ、のけぞるようにして天井を見あげた。

よくて睡眠薬、悪くて興奮剤。健一の様子からして、彼は中身を知っている。金を奪われる心配はしないが、カップの中身については問いただしておくべきだった。

腕時計で時間を確かめ、携帯電話にメモを残す。

水がすぐに届けられた。

残業を終えて警察署を出た大輔の携帯電話に、田辺からの着信が入る。電話かと思いきや、めったに送ってくることのないショートメッセージだ。

別人への誤送信を避けるため、普段のやりとりはカップルアプリを使用している。だから、酔っているのだろうと思い、文面を見て納得した。

大輔の想像した通りだ。

『迎えにきて欲しい』

そう書かれていた。すぐに『いいよ、どこ？』と打ち返す。

田辺もたまには泥酔するが、迷惑をかけられたことはなかった。アニキ分や仲間に飲まされ、ろれつが回らないほどになっても、帰巣本能は正常に働くらしい。知っているからこそ、必要があれば呼んで欲しいと話をしたばかりだ。

大輔が頼りにしているように、田辺にも頼りにされたい。

電話をしようかと迷い、道の端へ寄る。タイミングよく、携帯電話が震え出した。画面に表示されたのはコロコロと変えている田辺を示す『偽名』だ。

「もしもし？　どうした？」

回線を繋《つな》いで、携帯電話を耳へ押し当てる。ほんの瞬間、沈黙が流れた。

いつものように呼びかけようとした大輔は、違和感に口ごもる。理屈では説明できない、刑事の勘がピピッと働いた。

「もしもし？　聞こえてるのか」

名前を口にせずに問いかける。すると、思いがけない声が聞こえた。

『なにも聞かずに回収してもらいたい。できなければ、こちらで』

耳の奥がジンと痺れるような美声だ。低すぎずに甘く、耳馴染みが恐ろしくいい。

問うまでもなく相手に予想がついた。田辺のアニキ分・岩下周平だ。

いったいなにがあったのか。急激に湧《わ》き起こる不安に身体中が怖気《おぞけ》立つ。奥歯をぐっと嚙《か》みしめて、大輔は動揺を見せずに答えた。

「もちろん、行きます。場所を教えてください」

タメ口で対応してやろうと思ったのに、出てくるのは丁寧語だ。

『最寄りの駅に車を回していますから、乗ってください。髪の長い男が目印です』

岩下の口調も丁寧だ。そして、電話は唐突に切れた。

もしかしたら罠《わな》かもしれない。そんな気持ちは常にある。

しかし、田辺を引き合いに出されては、逃げられなかった。あとで知った田辺が盛大に悔やみ、怒るとしても逃げたくない。

先輩の西島《にしじま》へ連絡を入れようかと迷いながら歩き、最寄りの駅に到着する。ロータリーの車寄せには、家族を迎える車が列を成していた。

そのうちの一台から若い男が出てくる。肩につく長さの髪をかきあげ、あたりを見回す。

その仕草はヤクザらしくない。三下のチンピラですらなく、気のいいヤンキー風情だ。黒いジャケットに水玉のシャツを着ている。

顔と名前は瞬時に一致する。岩下の男嫁・佐和紀の世話係で、名前は三井敬志《みついたかし》。

岩下の舎弟であり、数少ない直系大滝組《おおたきぐみ》の構成員でもある。軽そうな風貌《ふうぼう》をしていても生え抜きだ。

大輔は気持ちを引き締め、眉をきりりと吊《つ》りあげた。西島への連絡はやめて、大股《おおまた》に車へ近づく。

気づいた三井は人なつこい笑顔を浮かべ、国産のSUV車に胸を預けながら、まるで友達のように手を振った。

「お久しぶりです。刑事さん」

車の向こうから声をかけられ、無言で睨みつける。

「……まぁ、妥当な警戒心。詳しいことは車の中で説明しますから、乗ってください」

軽い口調で言われ、後部座席のドアを開く。車内は無人で、整頓《せいとん》されていた。送迎専用の車なのかもしれない。乗り込むと、運転席に座った三井が振り向いた。

「ちょっとした手違いなんで、あれこれと追及されたくはないんですよ」

「……単なる泥酔じゃないってことか」

「泥酔は、泥酔……。それはまぁ……。つまり、興奮剤を間違って飲んで、そこからなにがどうなったのか、酒を浴びるほど飲んだんじゃないかと……」

　三井にもよくわかっていないのだろう。前へ向き直ると車を発進させた。

「ケガをしたり、しくじったわけじゃないんだな」

「あー、それはないです。別にね、閉じ込めておけば、一晩で元に戻るんですけどね。アニキが、あんたを呼んでやるべきだって言うから」

「単なる興奮剤なんだな」

　念を押すと、三井は口ごもった。

「……シャブとか、そういうヤツじゃない」

　しかし、普通の薬でもないのだ。

「あんたらが開発してるっていう、噂《うわさ》の薬か……」

「効き目がよくて、抜けもいい。シャブを使ってセックスするよりはよっぽど健康的なんですけどね」

「……なんで、あいつが」

「本当に手違いなんですよ。知り合いが処分し忘れたのを、うっかり飲んだ、っていう……。まぁ、信じられないよな。わかるわー」

　けらけらっと笑った三井はカーナビを確認することもなく運転を続ける。車は高速道路へ入ろうとしていた。

「ちょっと山奥……」

身を乗り出して尋ねると、三井はカーステレオをいじりながら答えた。大輔はきょとんとした。

「行き先が知りたい」

スイッチが入り、音楽が流れる。驚くほど古めかしい歌謡曲だ。

「……なに、これ」

「戦時歌謡ってヤツ。うちの姐《あね》さんのお好みなんで……。ラジオにしよ」

三井自身は聞き慣れている上に、嫌でもないのだろう。大輔を気づかう素振りでラジオに変える。明るいDJの声がして、ヒットチューンが流れ出す。

大輔はそわそわしながら三井を見た。

「……いるのか。その姐さんも」

「んー？　いやいや、今夜は別行動。おうちでおとなしく旦那《だんな》様の帰りを待ってるはずだ。だから、アニキもさっさと帰りたいんだよ。……あんたのカレシは、ちょっとしたホテルに押し込んであってさ。一晩、面倒を見て欲しいわけ」

「家には帰せない状態ってことか」

「察しがよすぎて大変だな。職業病ってやつか。まー、ご近所迷惑になりかねないし、警察を呼ばれる事態になったら、あんたが余計に困るんでしょ？　姐さんが一枚嚙んでるから、アニキもそこんとこは押さえておきたいんだろうね」

「……つまり？」

「いや、別に」

三井はからっと笑った。

「田辺さんについてはさ、アニキだってかわいがってんだから、悪いようにはしないよ。たぶん、姐さんにも言わないんじゃないかな、今夜のことは。田辺さんにとっては、しくじりに入るかもしんないし。でも、まぁ、あんた次第だ」

「あぁ……」

力なく答えて、大輔は後部座席に背を預けた。

車はスムーズに走り、三井が暇にあかして世間話を振ってくる。陽気な男だ。おかげで退屈しないまま、目的地へ着いた。

山沿いのインターチェンジを降り、工場や営業所の点在する道路を進んだ先にあるホテル街だ。トンネルのそばにあり、背後は闇《やみ》に包まれている。

民家が建っている気配もなかった。行き止まりの手前にあるアーチをくぐると、ビルではない低層建築のホテルが見えた。長屋仕立ての二階建てで、一階部分が車庫になっている。

三井は車庫に入らず、敷地の隅に停車した。目的の部屋の車庫はすでに別の車が使っているのだろう。

「こわくないの？　刑事さん」

シートベルトをはずした三井が身体をひねって振り向いた。

「どういう意味……」

「いくらカレシがかわいくても、こういうときはホイホイ来るもんじゃないよ。刑事としてはわかってんだろ。やばいじゃん。理性でモノを考えてる？」

「考えてるよ。これまで、あいつにばっかり損をさせてきた。今度は俺の番だ」

「……あんた、誰を信じて、ここにいんの？」

三井が首を傾げると、肩についた長い髪が揺れる。やんちゃな顔が、くしゃっと歪《ゆが》んだ。

「田辺さんがマトモに戻ったとき、絶対後悔すると思うんだけど。ちゃんと納得のいく答えを言えんの？　無理ならさ、このまま帰った方がいいような気がする」

普通に考えれば、三井の意見が正しい。圧倒的だ。

田辺の危機は作り話で、ホテルの室内にはまったく別の男が待ち構えている可能性もあった。男性であっても女同様に性的な商品として扱われる。それが岩下の牛耳る世界だ。

レイプショーに売られかけた記憶がよみがえり、大輔は自分の身体に腕を回した。無意識に身体を守り、胸の奥底に沈んだ嫌悪感に気づく。

あの出来事で傷ついていないと言えば嘘になる。

強姦《ごうかん》こそされなかったが、下準備と称して行われた行為は大輔の精神を苛《さいな》んだ。

「でも、田辺はそこにいるんだろう」

短い息を吐いて、大輔はじっとりと三井を見た。

「……いるけどね」

苦々しく答える顔は不満げだ。本当は嘘をつきたいのかもしれなかった。理由はわからないが、三井にも思うところがあるのだ。

「俺が帰ったら、田辺はどうなるんだ」

「……適当な女を抱かせていれば正気に戻る。それまでは俺が監視につくんだろうな。参加しないよ。あんたのカレシのセックスを見てるだけ」

「そんなこと、したくないんだろう」

「いつものことだよ。こういうことは、ときどき起こる。田辺さんだって慣れてると思うけどね」

ぶっきらぼうな口調で言い、三井はくちびるを尖《とが》らせた。感情が顔に出る男だ。

大輔はもの憂く答えた。

「慣れていても、させたくない……。俺が傷つく分には、取り返しがつく。でも、あいつが後悔したら、俺は……」

どうやって慰めればいいのか、わからない。

「難しいねぇ、あんたらも。そういうの、よくわかんねぇわ」

鼻で笑いながらも、三井は困惑の表情をしている。ふと視線を前方に戻し、考え込むような素振りで黙った。大輔はじれた。田辺のことが気になって、さらに前のめりになる。

「岩下のところへ連れていってくれないか。まだ部屋の中にいるんだろう。……まさか、もう女が」

「だったら、どうする。いま、まさに挿入してたら。理性がなかったらカウントしない？　そういうメンタル持ってる？　……正直、アニキがなにを考えてるのかなんて、わかんないよ。気分で変わることもあるし」

「……俺の心配をしてるのか」

「刑事とはいえ、あんたはカタギだろ。……こういうのが、姐さんの耳に入ると面倒なんだよ」

本音を覗かせて、三井はこれみよがしに舌打ちを響かせる。

「心配しなくてもいいよ」

大輔はもぞもぞと動いて腰を落ち着けた。膝《ひざ》に腕を乗せる。低いところから、前を向いている三井の横顔を見あげた。

ルームランプはついていないが、ホテルの照明が届いて明るい。

「その『姐さん』には話を通してあるんだ。さっきも話してなかったか？　岩下だって、自分の嫁に恥をかかせたりしないだろう」

「……それ、アニキの前でも言える？」

肩越しに視線が投げられ、大輔は小さくうなずいた。

「万が一、女を抱いていても、今日のところは見なかったことにする。……だいたいさぁ、岩下と関わってれば、どうしようもないことなんだろう。これからだって……」

それをひとつひとつ拾いあげて、田辺の責任にすることはできない。無茶な話だ。どんなに気を配っていても、災難は向こうから飛んでくる。

「さすが、組対の刑事だな。佐和紀が肩を持つわけだ」

ぼそっと言った三井は、質問を受けつけない勢いで明るく一笑した。ハンドルを叩く。

「よし、行こう……っ！」

車のエンジンを切って、ドアのロックを解除する。

連れ立って向かったのは、高級外国車のセダンが停《と》められた部屋だ。ドアのそばのチャイムを鳴らすと、しばらくしてからドアが細く開いた。三井がすかさず外開きのドアを押さえて引く。室内の明かりは長身に遮断され、影が濃く伸びた。

そこに立っているのは、ベスト姿の岩下だ。細いストライプのシャツを肘までまくりあげ、太い腕をあらわにしている。

大輔は思わず息を呑《の》んだ。後ずさりしそうになる弱気を内心で叱咤《しった》して、軽い仕草で会釈を向けた。

「あいつは、どこに」

口にした瞬間から、胸が痛んだ。三井との会話がよみがえり、二階の部屋で行為の真っ最中だろうかとこわくなる。

出入り口に立つ岩下は視線を奥へ向けた。階段が見える。

「胃の中のものを出させたので、少しは正気を取り戻したところです。……薬の説明はしたか？」

確認された三井がうなずく。岩下がまた大輔へ向き直った。

「本人は気づかないで、ほんの一口飲んだって話ですから、叱《しか》ったりしないでやってください。嘔吐《おうと》したのは酒のせいですから、薬による過剰反応はありません。でも、朝までは、この部屋で過ごしてもらいたい。薬が完全に抜けるまでに、問題があるので」

「興奮剤の効果は続いているということですか」

組対の刑事としてはタメ口を利きたいところだが、岩下の口調につられて敬語になる。

「媚薬ですよ、刑事さん」

目を細めた岩下があごを引く。精悍な顔つきに艶《なま》めかしい笑みが浮かんだ。それはまがまがしいほどに性的で、大輔を本能的に怯えさせた。

ここから先は踏み込んではいけないエリアだと、頭の中で警報が鳴り響く。

「あいつは遅れて効いてくるタイプなんです。昔から。でも、いい感じになる。理性が飛びがちだから、面倒を見てもらいたい」

「もちろん、俺が介抱します」

「女をあてがっても、よかったんですけどね」

心の内を探るように言われ、大輔は不機嫌な表情を返した。

「余計なお世話です」

「一部始終をビデオに撮って送ったら、別れ話のきっかけぐらいは作れたでしょう」

柔らかな口調でビジネスライクに話す岩下は、一癖も二癖もある笑顔で出入り口を塞ぐ。呼びつけておきながら、部屋の中に招き入れる気がないようだ。大輔は苛立った。

田辺に対する心配が、じわじわと身に沁みて募っていく。

「刑事さん」

岩下に呼びかけられ、大輔は目を据わらせた。きつく睨みつけて、あとには退《ひ》かない。

見せかけの微笑みを浮かべた岩下が口を開く。

「あいつは、よくできた男なんですよ。俺が育てたからと言うつもりはありませんが、シケた投資詐欺をいつまでもやらせておく気もない。……つまり、あなたとは、ますます、生きる世界が違ってくるわけだ。どうしますか」

「……どうもしない」

「そうはいかないでしょう。田辺が大滝組の盃を受けたら、刑事であるあなたとの仲は、いまよりも難しくなる」

　想像もしなかった話をされて、大輔は驚くと同時に戸惑った。

　いまの田辺は、大滝組の準構成員だ。正式な盃はもらっていないので、警察が管理している構成員のリストでも重要度が低い。しかし、構成員になったなら重要度は跳ねあがる。岩下直属の舎弟だからだ。

「その場しのぎでごまかして付き合い続けるのは、あなたの自由ですけど……。あなたが想像する以上に、田辺は本気だ。ご存じないですか」

　一見、穏やかな笑みを浮かべているが、言葉を紡ぐたびに岩下を取り巻く雰囲気が張り詰めていく。強いプレッシャーが周囲に漂う。ドアを押さえる三井も居心地が悪そうだ。どうにかして、ふたりの会話に口を挟もうとするが、タイミングを摑めないままで身を引いてしまう。

　大輔はなにも言えずに黙った。岩下によって黙らされているのだと内心では気づきながら、返す言葉を懸命に探す。

　笑みを消した岩下が静かなまばたきをした。そして、社交的な雰囲気を完全に消す。

「あんたが、夫婦不和の気晴らしに田辺を使っていたとき、裏でどんな目に遭っていたのか知っているだろう？　あいつは男だから。あんたのケツを追い回していたから。それぐらいのことは当然か……？」

「なにを」

「田辺が女だったら、こんなにひどい話はない。惚れた男のために、殴られて……」

「あんたがやったことだろう」

眉根を引き絞った大輔は、浅い呼吸を繰り返した。言いようのない怒りで胃の中が熱くなる。岩下は鼻先で笑った。

「……ケジメをつけさせないでいれば、周りに侮られる。ひとつひとつの問題に、適切に対処させるのが俺の役目だ。田辺はあんたのために、いくつもスジを曲げたんだからな」

「いまさら、どうしろって言うんだ」

「……いまさら」

顔を伏せた岩下の肩が揺れる。ネクタイをはずしたシャツの胸元は大きく開き、刺青《いれずみ》の片鱗《へんりん》がちらりと見えた。

「いまさら、どうしようもないことだ。それは確かにな。なら、責任を取って、今夜限りに、田辺と別れてやってくれ」

「……は？」

大輔は硬直した。目を見開き、岩下を凝視する。

「な、に……を」

「あいつがプライドを捨てて背負ってきた責任を、『いまさら』だなんて言われると、腹《はらわた》が煮えくり返るんだ」

「あんた、なんのために俺を呼び出したんだ。本当に、あいつはいるんだろうな！」

大輔は地団駄を踏んで叫んだ。本気で邪魔をされたら、ふたりの仲は続かない。岩下の考えはまるで読めず、大輔はやみくもに激昂《げっこう》する。

相対する岩下は冷笑を浮かべた。

「いなかったら、答えが変わるのか」

「なんの話だよ。意味がわからない……」

「思考停止してんじゃねぇよ」

突然、岩下の言葉が荒くなり、声が低くなった。目を据わらせ、匂《にお》い立つような男振りでいっそうヤクザらしい顔つきになる。斜にかまえ、ドアの桟に肘を預けた。

「わかってんのか、刑事さん。俺はあいつの面倒を見てきた。アニキであり、親同然だ。それをあんたが認めようが拒絶しようが、そんなことはどうでもいい。俺にとって大事なのは、田辺を任せるに値するか、どうかだ」

「……そんなの、なにを言ったって、あんたの基準で決まるんだろう」

「答える気がないなら、それが答えだな。それじゃあ、俺は俺のやり方でいくぞ」

「……っ」

大輔は息を詰まらせ、半歩、前へ出る。はっきりと拒絶しなければ、とんでもないことになると予感した。

しかし、続く言葉が出てこない。くちびるだけがわなわなと震え、拳《こぶし》を握った手のひらが汗をかく。

「……アニキ。それぐらいで」

おずおずと三井が声を出した。

「このふたりのことは、姐さんが請け負ってますから」

「タカシ。それとこれとは、話が別だ。佐和紀が肩を持っているのは、この刑事さんがまともな男だと思ってるからだ。俺が育てた大事な舎弟がキズ物にされたと知れば、考えは変わる。あいつは、男の純情をよく知っているだろう」

「あぁ……、まぁ、それ、は……」

大輔の味方をしようとしていた三井が肩を落として意気消沈する。さりげなく大輔へ向けられるのは憐憫《れんびん》のまなざしだ。大輔はどぎまぎと視線を揺らした。

予想もしなかった窮地だった。自分の身体が危険にさらされるよりも恐ろしい。

「田辺を……」

大輔は動揺したまま口を開いた。正解がわからなかった。それでも、覚悟を持つ。

失いたくない一心で、田辺の未来を握っている男に対峙《たいじ》する。

「……田辺にとって、アニキ分のあんたが大事な男だってことは知ってる。それでも、俺を選ぶだろうことも知ってる。……昔のことはどうにもならないし、俺が引け目を感じても仕方がないと思ってる。それでも、自分がバカだったと思うことはある。よくある……しょっちゅうだ。でも、離れるとか、考えられない」

「不幸になるよ」

岩下は平然と断言する。大輔は息を呑み、奥歯を噛みしめた。

首の後ろに手をやった岩下が、ひと息吸い込んだ。

「あんたの不幸を、田辺は肩代わりできない。田辺の不幸だって、あんたには背負えない。それぞれがそれぞれに不幸になる。わかりきっているのに、まだ続けるのか」

「……不幸のなにが悪いのか……わかんないな」

大輔はぼそぼそとつぶやいてうつむき、コンクリートを蹴った。

「別れたって、不幸だよ。もう知ってるのに……」

乾いたくちびるを舌で舐めて、汗で濡れた拳を開いたり閉じたりする。田辺のことを考えた。そうしていれば、心の真ん中に一本の芯が通り、地に足がつく。

「俺のわがままに田辺が付き合うなら、以前のようなことはさせない。だから、ここに来たんだ。これがあんたの罠だとしても、あいつのためなら耐えられる」

「そういう覚悟が相手を傷つけるんだ……」

くぐもった笑い声を響かせ、岩下はドア枠から離れた。

「でも、いい。……愛情表現は人それぞれだ。不幸になる覚悟ができているなら、田辺のことはあきらめよう。それが佐和紀の望みでもあるしな。……あんたと田辺の仲には、これからもノータッチだ。好きなようにしてくれ」

「……あぁ、よかった」

三井が大輔よりも早く胸を撫でおろし、部屋の中を覗き込んだ。

「そろそろ、帰ります？　ジャケットは部屋の中ですか」

「車に置いてある」

「じゃあ、乗ってきた車と入れ替えます。……鍵《かぎ》を渡すから、ちょっと持ってて」

三井に促されて、大輔がドアを押さえる。

「明日の朝はあの車を使ってくれ。返却は田辺に任せればいい」

岩下から言われて、大輔は呆然とした。いきなりケンカを売られて、いきなり許されて。頭の中が追いつかない。

「……本当に、いるんですか」

天井を見あげて言うと、岩下は肩をすくめて笑った。

「現場仕事から離れて、気がゆるんでいたんだろうな。めったにないことだ」

「俺のせいですか。俺のせいで……」

「そう思うなら、別れてやって欲しいんだけどな。そうはいかないんだから、めったなことを言うものじゃない。誰だって、うかつになるときはある。だから、恋人のあんたが一緒に責任を取ってやってくれ」

「……はぁ」

よくわからず、あいまいな返事をする。三井が車庫からセダンを出し、乗ってきたSUVを移動させる。

岩下と眺めながら、大輔は緊張がほどけていくのを感じた。疲労がどっと押し寄せる。

「ヤクザと一緒になると、不幸になるんですか」

思いつきを口にして、岩下の顔を見た。刑事を辞めて、田辺と同じ世界で生きることを考える。人の道をはずれるのなら不幸だ。母親は泣くだろう。

それでも、田辺を失うことに比べたらましだ。誰が泣いても、誰に罵《のの》られても、日常の中に田辺が欲しい。

「中途半端は、なんだって苦しい」

答えながら、岩下はまくりあげていた袖を戻す。飲みすぎた田辺の世話をしたのだろう。もしかしたら嘔吐を促す手伝いだってしたのかもしれない。

そう思うと、いままで感じていたイメージが崩れていくようだ。

田辺が憧れて心酔した岩下の姿が、おぼろげながらに見えてくる。

「他人同士が不幸をともにしたら、暗い道行きだろう。でも、そうじゃない関係はある。

……あんたは一回バツがついているけどな。だからこそ、学んだことはあるだろう」

穏やかな声は力強く、そして威圧に満ちて厳しい。

背中を叩かれたような気持ちになり、ドアを押さえた大輔はくちびるを引き結んだ。それと同時に、目が覚めるほどの苛立ちも覚えた。

田辺を自分よりも知っていて、心から案じている男がいる。そのことへの嫉妬心だ。

ありのままを表情に出して顔を歪める。

岩下は冷たく微笑んで、その場を離れた。玄関で靴を脱ぐ仕様の部屋だが岩下の足元は革靴のままだ。すれ違いに三井が戻ってきて、車の鍵を渡される。

「あんな……、田辺さんが飲んでる薬、超エロくなるヤツなんだ……。いろいろ頑張ったらしいじゃん。ご褒美、あげたいんだと思うんだよ。あの人……」

肩越しに岩下を見て、すぐに顔を戻す。にかっと屈託なく笑いながら、大輔を部屋の中へ押し込んだ。ドアが閉まると、オートロックで鍵がかかる。

大輔は半ば呆然として立ち尽くした。情報量が多すぎる。まるで頭がついていかない。その上に、田辺を介抱する仕事が待ち構えているのだ。

「ご褒美……？」

意味がわからず、首を傾げる。

岩下の思い通りにはなりたくない。田辺が世話になったと思えば思うほど、気持ちがささくれて止まらなくなる。すさまじい威圧感に対する恐怖を忘れ、大輔は怒りに震える。

「あれ……？　幻覚、か……」

階段の上から声がして、大輔はハッと息を呑んだ。次に起こることは容易に想像できる。握っていた車の鍵を投げ出して、靴を脱がずに階段を走りあがった。

ふらりといなくなった田辺は、すぐに現実だと気づいて戻ってくる。白いバスローブの裾《すそ》がはだけて、その勢いで階段を踏みはずす。転がり落ちそうになる身体を、大輔は寸前で抱きとめた。

「大輔さん……っ」

名前を呼ばれた瞬間、立場が逆転する。ひしっと引き寄せられ、まるで大輔が転がり落ちそうになったみたいだ。

「どうしたの？　こんなところに来て」

片手で大輔の背中を抱きながら、田辺が顔を覗き込んでくる。手のひらが頬を撫で、こめかみのあたりに指が這う。

しっとりと濡れたように見えるまなざしは、焦点が合っていないようだ。ひどく酔っているのがわかった。しかし、酒酔いではない。そのことを肝に銘じて、田辺の身体を支えながら階段をあがりきる。

「介抱をしにきたんだ。……調子はよさそうだな」

「本当に、そう思う？」

吐息混じりの言葉が耳元へ吹きかかり、しなだれかかってくる重みに腰が引ける。背中が壁に当たって行き止まり、田辺の指はしきりと大輔のこめかみをくすぐった。

片手が両手になり、頬を包まれ、親指にくちびるをなぞられる。

「おまえ、自分がどこにいるのか、わかってる……？」

尋ねながら、大輔は視線を巡らせた。田辺の背後に見えるのは天蓋《てんがい》付きの大きなベッドだ。室内はバリあたりのリゾート風にまとめられ、落ち着いた雰囲気になっている。

こんなラブホテルを選んだ岩下が憎らしく思え、大輔はむすっとくちびるを尖らせた。

「怒ってるの？」

チュッとくちびるが触れて、目の前が田辺だけになる。眼鏡をかけていない二重の瞳《ひとみ》は、まばたきするたびに潤んでいく。

「……いや、怒ってないけど」

「大輔さんが来てくれて、すごく嬉《うれ》しい。どうでもいいような相手をあてがわれるところだった……。それなら、あなたを見てオナニーしてる方がいい」

うっとりとしているように見えるのは、薬が回りきって緩慢な意識の中にいるからだろう。理性の有無を判断するのは難しい。もちろん知識としての薬物反応は理解している。しかし、実際の経験がないので、飲んだ本人の気持ちに実感がなかった。

軽いキスが音を立てて繰り返され、されるに任せた大輔は腕を動かしてみる。手の甲で、田辺の股間《こかん》をさらっと撫でた。

「ん……」

田辺が腰を引いて、小さく息を漏らす。間近にある瞳が責めるように細められた。

バスローブの上からはわからないが、そこはすでに布地を押しあげて膨らんでいる。

「いつから……？」

問いながら手を伸ばすと、田辺の手のひらに押し戻された。

「ダメだ。スイッチが入る」

「キスするのはいいのか」

「……俺がする分には、理性が利くんだよ」

哀しげな表情を見せられて、大輔の胸の奥が疼《うず》いた。

ついさっきまで、この部屋には岩下がいたのだ。

尊敬するアニキ分を相手にして、大輔に対するときよりも弱い部分を見せたのだろうか。それとも、もっと強がっていたのだろうか。

どちらにしても、自分の知らない田辺がいると思うだけで、心が乱れて落ち着いていられなくなる。

「本当に、見てるだけでいいのか」

「……来てくれただけで嬉しいんだ」

繰り返される言葉は、外面だけを取り繕っている。わかりやすい嘘を聞き流し、大輔は両腕を田辺の肩へ投げ出した。

「どうして、して欲しいことを言わないんだよ……。言えばいいだろ」

田辺が欲しているものを知っている身体が緊張して、自分の声がわずかに震えて聞こえた。表情を歪めながら、拗ねた瞳で見つめる。

「そんな目で見ないで……。これでも、すごい自制してる」

「しなかったら、どうなる？」

「試さないで欲しい。……あなたを、めちゃくちゃにできない」

苦しげに言いながら、田辺は引き寄せられるように近づいた。くちびるが触れて、大輔は自分から舌を出す。ゆっくりと吸われて、無意識に田辺の首筋を引き寄せる。

「そんなこと言って、しないじゃん。おまえは……」

「泣いても、やめてあげられない。ひどい抱き方をするかもしれない」

「……しないと、苦しいんだろ。処理する必要があるなら、俺がしてやる」

キスを交わしながら、欲情に濡れた瞳を覗き込む。媚薬がキマっていても、田辺はいつも通りのキスをする。

優しくて穏やかで、ときどき、ほんの少しだけ先走って強引になって、またペースを戻す。

「手でしてもらっても、口でしてもらっても、絶対に挿入したくなる。繋がりたくなるんだよ。……あなたが、好きだから」

「じゃあ、覚悟を決めて、相手をする」

あなたという呼びかけに震え、大輔はくちびるを引き結んだ。

言い知れぬ欲情が身のうちにたぎり、目の前を男をどうにかしてやりたいと思う。こんな理性的な言葉なんて捨てさせて、平然と微笑む仮面を剝《は》がしたい。生の欲求を引き出してふたりで貪《むさぼ》る。それはきっと、岩下にさえ見せていない、真実の姿だ。

そうであって欲しいと思いながら、田辺のくちびるをそっと舐めた。

「今夜は……俺を頼ってくれ。めったにないことだし、おまえの面倒が見たい」

壁から離れて、身体を寄せる。腰を押しつけると、互いの昂《たか》ぶりがごりっとこすれた。

「嫌いにならない？」

この期に及んで口にするセリフだろうか。あまりの衝撃に、大輔は啞然《あぜん》とした。

もう何年も身体を繋いで、互いの弱みや身勝手なところをさらけ出して、汚いと思えるような欲望も受け止めてきたはずだ。

それなのに、田辺はまだ嫌われることを心配している。

「……なるかよ」

「本当に？　携帯電話に録音してもいい？」

「意味がわかんねぇ」

思わず笑ってしまい、田辺の額に、こつっと自分の額をぶつける。

「俺のこと、信用しているだろ。あや……」

「……してる」

ほかに答えようがないだろう。田辺が否定できないとわかっていて、大輔はいっそう身体を近づける。胸を合わせて、うなじに指先をもぐらせ、頬にくちびるを寄せた。

「おまえを見てたら、したくなってきた……。したい」

「どうして……そんなに……」

大輔の耳元で吐息が聞こえ、背中に回った田辺の手に力がこもる。ジャケット越しにも体温が伝わって、気もそぞろだ。

「いっそ、後悔させたい。うかつなんだよ、大輔さん」

「そういう性分だ。仕方がないだろ」

なによりも、好きになってしまった。こんなにも田辺だけが欲しい。

「おまえもしたいだろ。俺と……」

「それはもちろん……したいよ。シラフの大輔さんとキメセクできるなんて、そうめったにないチャンスだ」

「できれば、これっきりにして欲しいけど」

「それはどうだろう。大輔さんがクセになるかも」

「……ほんとかよ」

笑った大輔のジャケットを、田辺の手がずらした。肩から剝ぎ取られ、床へ落とされる。

「あのね……。ひどいことはしないから。でも……、衝動が抑えられないかも」

キスを繰り返しながらささやき、次は大輔のベルトをはずす。カチャカチャと響く金属音がすでに卑猥《ひわい》で、大輔の身体はあっけなく反応を返す。

「わかってる……、おまえが優しいことは、俺が一番、知ってる」

言葉にすると、くちびるが震えた。本音だからこそ、胸に沁みてせつない。

同時に、身体の奥にも火がついて、欲情がチリチリと高まっていく。

どうにでもして欲しい。

そう思いながらスラックスを脱ぐと、田辺が沈み込んだ。股間に息が吹きかかり、ボクサーパンツの上から尻《しり》を摑まれる。予想外の力強さに、身体がびくっと跳ねた。

胸の鼓動が速くなり、布越しに食《は》まれた性器が張り詰める。

「ん……」

「仕事終わりの、大輔さんの匂い……、いいね。すごくいやらしい」

「変態……。そういうの、必要ないだろ。媚薬とも関係ない……」

身をよじって逃げようとしたが、指が食い込むほどがっしりと尻を引き寄せられて身動きが取れない。すんすんと鼻を鳴らしながら股間の匂いを嗅《か》がれ、羞恥《しゅうち》で肌が熱くなる。

「関係あるよ。いつもより、興奮してる。大輔さんに触るだけで、指先がビリビリ痺れてるし、頭の中もおかしくなりそう……」

田辺はなおも鼻をすりつけ、大輔の形をなぞった。

靴を脱がされ、スラックスが足から抜ける。そのあいだも、田辺は愛撫《あいぶ》を繰り返した。頬ずりしながら太ももを膝までくだり、手のひらで肌をなぞる。指も這う。

くすぐったさを感じて身をよじるたびに、大輔の性感が目覚めていく。強い快感の糸口であることを、肉体はすでに知っている。田辺に暴かれ、育まれ、そして沁み込んだ淫楽だ。

「……っ」

声をこらえて、腰を引く。追って迫る田辺の頬が足の付け根に当たり、見あげてくる視線に摑まって心臓が止まりそうになった。美形が行う卑猥な行為は衝撃的だ。下品であればあるほど、ギャップが激しくていやらしい。

かすかに喘《あえ》いだ大輔の太ももを這いあがった指が、ボクサーパンツの裾をくぐって尻肉に食い込む。指はさらに奥へと進み、摑まるところを探した大輔は股間に顔を押しつける田辺の耳へ指を伸ばした。

鼻先で形をなぞられ、息があがる。膝が笑いそうになって踏ん張っても、尻肉を揉みしだかれるたびに力が抜けてしまう。スリットの左右が激しくこすれ、這い入った指に奥を探られる。

指がすぼまりをなぞると、大輔はますます立っていられなくなった。

ワイシャツにネクタイを残し、靴下は履いたままだ。その姿をみっともないと思う余裕もなく、これまでに得てきた快感の記憶に揺さぶられる。

指を入れられながら舐められたら、どんなに気持ちがいいのかを知っていた。田辺のくちびるは大胆で、舌先は繊細だ。大輔の亀頭はきつく舐めしゃぶられ、じっくりと泣かされる。がまん汁が溢《あふ》れて、薄い皮膚が濡れていく。

「……あ、あっ」

想像だけで下腹が疼き、前屈みになって田辺の耳を引っ張った。

「大輔さん、立っていられない？」

ボクサーパンツを押しあげる昂ぶりに布地越しの生温かい息がかかり、こらえようとしてもこらえきれない。びくびくっと脈を打って跳ね回る動きも快感に繋がり、大輔はじれて腰を揺すった。

「じゃあ、座っていいよ」

田辺がすくりと立ち、耳を摑んでいた大輔はへなへなと沈んで床に膝をつく。目の前でバスローブが揺れる。

田辺の指先が上くちびるに近づいた。

「吸って……、大輔さん」

軽く開いていた口の中へ、人差し指と中指が揃《そろ》って差し入れられる。膝をつき、顔をあげた大輔は素直に吸いつく。

田辺の指で口の中をゆっくりと掻き回され、舌が追われる。逃がそうとしても捕まり、指に挟まれてしまう。そっと優しくて淫《みだ》らな愛撫だ。

吐息を漏らした大輔は、いたずらな指先を甘噛みする。肉と骨の確かな感触を感じるだけで、股間が熱くなっていく。

息を継ぐと、上あごの裏に指の腹がひたっと押し当たった。

「ん……っ」

さすられて、くすぐったさが全身を巡る。

「ここ、好きでしょ……？」

「はっ……ん……」

正座で足先を立て、膝に手を置く。背筋を伸ばし、だらしなく、くちびるを開いた。なおも上あごの裏を撫でられ、身体が卑猥な感覚を覚える。ぶるぶるっと背中が震えた。

「こっちがいい？」

目を伏せた田辺の顔に、はにかみがこぼれる。

大輔のくちびるへ濡れた感触が押し当たった。田辺の指に添い、太いものがリップクリームを塗るように左右に動く。

「こっちで、口の裏側……してあげようか」

情欲を滲ませた田辺は興奮を抑えた声だ。けれど、身体は違う。バスローブの裾をかきわけて反り返った屹立《きつりつ》が、限界まで我慢を重ねた太さで先走りを溢れさせている。

太さも体液の多さも、薬の影響を受けていつも以上だ。腰を押しつけてくる田辺の声に明らかな興奮が増せば、それに伴って先走りの量は増えていく。

先走りは大輔のくちびるをぬるぬると濡らし、唾液《だえき》と混ざってあごを伝う。

「もっとキスして……。かわいがって欲しいな」

田辺にねだられて、大輔は舌先で先端を迎え入れた。そっと吸いつく。口の中に残っていた指がするっと引き抜かれて、仕事用にセットしている髪を乱すように潜り込む。

「あぁ……それ……気持ちいい。舌でぐりぐりして……」

頭部を指先に押さえられ、吐息混じりに求められるまま、大輔は舌先で切っ先の割れ目をなぞった。甘じょっぱい汁をすすり、ほじるように舌を差し込む。清潔感のある顔からは想像できない太さだ。それを片手で支えた田辺は、熱っぽい息を吐いた。

くちびるを先端でなぞられた大輔は、肉のかたまりを舌で追う。先端に吸いつき、開い

たくちびるの中へと誘い込んだ。くぼみまでをくわえて宝冠部を舐める。見おろされている恥ずかしさはあったが、それよりも、快感に浸る田辺の息づかいを浴びていたかった。バスローブの中で、腹に当たるほど強く勃起《ぼっき》していたのだ。我慢できるものじゃないことぐらい、同じ男だからわかってしまう。

そしてなにより、度を超えていこうとする恋人の熱情を逃したくない。

「大輔さん、おくち、開いて。うん、もっと大きく……、『あーん』ってして」

興奮でじれたささやきは甘くかすれ、大輔はエサをもらうひな鳥のように大きく口を開いた。

「ん、ぐ……」

押し込まれた先端が、ずりっと上あごの裏をこすった。指で刺激されたときとは比べものにならない快感が生まれ、大輔は思わずのけぞる。しかし、逃げ切れずに頭部の後ろを押さえられた。

「喉を締めるとつらくなるから……。ね……気持ちいいでしょ。大輔さんは、下のお口も、この角度が好きだから」

言われた瞬間、すぼまりをなぞられるだけだった尻の奥がジンッと疼いた。粘膜が濡れていくような感覚に襲われる。

「……ふっ、ん」

鼻で息をする大輔を眺める田辺はゆっくりと腰を動かした。そのたびに屹立の先端で、上あごの裏をこすられる。

身体の力が抜けていき、大輔は田辺のバスローブを摑んだ。そうしていないと崩れ落ちてしまいそうだ。

「は……ぁ……は……」

喉を開きながらのけぞっているとさらに唾液が溢れた。それを飲み込むことも拭うこともせず、大輔は目を細めて息を継ぐ。下半身が熱を帯びて苦しく、頭がぼんやりとしてくる。

媚薬を飲んでいるのは田辺なのに、熱にあてられた大輔の理性も危うい。

股間がズキズキと脈を打ち、ボクサーパンツに押さえつけられているのが窮屈だ。布地をずらして取り出したい願望に腰が揺れ、指先で田辺の肌を引っ搔く。

「ダメだよ、大輔さん。自分で触らないで」

優しく制止されて、手を動かせなくなった。

甘い声に縛られ、いっそうの興奮を期待する大輔は従順になる。

「歯を、立てないでね」

身を屈めた田辺の手が大輔の頭部を抱く。腰がぐっと前に出て、口の中いっぱいに押し込まれる。喉の奥を避けた先端が頰の内側を突いた。

「ん……っ」

「あぁ……、唾液でヌルヌルになってる。あとで、後ろも、こんなふうになるぐらい、いっぱいしてあげる。いやらしい音をさせようね。ローションでたっぷり濡らして、いろんなところに俺の匂いをつけるから……」

「ん、んっ……」

すぼめたくちびるに野太い幹が行き来して、鼻で息を繰り返す大輔は居場所を求める舌で先端を追った。じゅるっと唾液の音を響かせてしまい、脳が痺れる。

いやらしいことを平気でしている自覚が生まれ、羞恥よりも強い快感が身体に刻まれていく。

口いっぱいに頬張った男のものが脈を打って逞《たくま》しくなるたび、組み敷かれて繋がる快楽がよみがえる。想像だけで股間が膨らみ、ボクサーパンツが濡れていく。

「はぅ……っ、ん……」

甘えるような声が鼻に抜けて、大輔は耐えきれずに首を振った。全神経が下半身の熱に集まり、田辺をくちびるでしごくことも、先端に口腔《こうこう》内の粘膜をこすられることも、艶めかしい愛撫に変わってしまう。

背中がしなり、指先が震えた。火照《ほて》った身体が汗を帯び、視界がうっすらと濡れて滲む。

「ん、ん……」

もう、素直に口を開いていることができなかった。田辺の昂ぶりをくちびると粘膜で締めつけ、抱えられている頭部を前後に振る。じゅぷじゅぷと水音を立てながら、凶器のように硬い肉棒を舐めしゃぶってしごく。

「ん、ふ……ぅ、ん……」

「大輔、さん……っ」

快感に煽《あお》られた田辺はいつもの通りだった。身勝手な動きを控えてたじろぐように腰を緊張させる。

それが、大輔の淫心をいっそう煽って、欲望を焚《た》きつけていく。この世で唯一、どんな姿でも晒《さら》すことができる相手に対して、大輔は絶大な信頼を寄せる。

なおも水音を立てて、卑猥に舐めしゃぶった。

身体も心も与えて、返されるものは田辺の身体と心だ。そっくりそのまま、互いを投げ出して求め合う。

「ぁ……い、く……っ」

田辺が小さく唸《うな》り、引き抜かれた先端が大輔のくちびるの上で震えた。思わず吸いつくと、大輔のくちびるにカリ部分を引っかけたままで射精が始まる。

「あ……くっ……ぅ」

田辺の低いうめき声は雄の逞しさだ。断続的な吐精は大輔の口腔内に溢れ、乱れた息を継ぐたび、くちびるの端からこぼれ落ちる。

大輔はくちびるを開いたままで、田辺を見あげた。

「ごっくん、しようか……」

大輔に呼ばれたように膝をついた田辺が、潤んだ目を細める。大輔の舌の上に溜《た》まった精液を見つめ、形のいい指先であごを拭う。

大輔は口を閉じて、田辺を見つめる。ぬるりとした液体を嚥下《えんか》した。味はよくない。けれど、喉を伝い流れる背徳感に目元が潤む。下腹がまた熱を帯びて、じれる。

「……えらいね」

田辺の優しい瞳が夢見るように大輔を映す。

「上手にごっくんできたね……。俺も、嬉しい」

親指が大輔のくちびるをなぞり、さらにくちびるを寄せられて舌が這う。

「大輔さん。ベロを出して。ご褒美をしてあげる」

甘い声には逆らえず、おずおずと遠慮がちに舌先を出す。たいていの男は、自分の性器に触れたくちびるや精液を嫌がる。しかし、田辺は違う。

自分の舌で、大輔の舌先をちょんと突いて、くちびるでそっと吸いあげる。

「んんん……っ」

震えるほど甘い愛撫にのけぞる身体を引き寄せられ、バスローブのタオル地に頬を押しつけて抱きしめられた。腕に抱かれながら、じれったいほどの優しいキスが続き、溢れた唾液を混ぜ合わせて舌を絡める。

「……ふっ、ん……っん……、あ、や……っ」

身体をまさぐるような指に胸を探られ、自分の乳首がツンとしこっているのに気づく。

「今度は大輔さんの番だよ」

そう言われて引き起こされる。腰を抱かれてベッドまで移動し、もう一度キスをされた。手首を引かれて、ベッドの上に誘われる。

天蓋には白い麻布のカーテンがかけられ、ベッドに繋がった焦げ茶色の柱へと、たるむようにして結びつけられていた。

「うっかり出してない？」

笑いながら近づいてきた田辺はリゾート風のベッドがよく似合う。汗ばんだ肌さえ色っぽく感じられ、立てた膝を掴まれただけで、大輔はここがどこだかよくわからなくなる。

ふたりでリゾートへ行きたいと思い立ったが、口にするタイミングではない。

口を閉ざした大輔の膝を、田辺の手が左右に開く。シャツを着たままの身体を後ろ手に支え、ボクサーパンツがずらされるのに合わせて腰を浮かせた。

ゴム部分が身体から離れて引き下がると、猛々《たけだけ》しく火照った象徴がぶるんと飛び出る。

「元気だね。糸を引いて、いやらしい」

艶笑《えんしょう》を浮かべた田辺が、大輔のネクタイに指をかけた。

「ネクタイも汚しちゃったな。ごめんね、新しいのを買いに行こう」

引っ張ってゆるめたが、ほどくことはせずに、喉元のボタンをひとつふたつとはずしていく。

「別に、安物だから、いい……」

「じゃあ、このましても、かまわない？」

そう言うと、ネクタイをほどいて引っ張り、先端の布地で大輔の屹立を撫でた。

「あ……ッ！」

きゅんと腰が痺れ、逃げるようにカリ首が揺れる。

「こういうのはイヤだ？　それとも、俺に合わせて我慢するの？」

近づいてきた田辺の息が耳元に吹きかかる。そっと耳たぶに歯が当たった。甘噛みされ、それだけで疼く先端を、布地がじれったく行き来する。

「……それ、はっ……」

大輔は首を振って拒んだ。

「イヤ？」

「……仕事のたび……っ、思い出……す……っ」

「ヤクザと話しながら、股間を硬くしちゃうの？　……大輔さんは、悪い刑事さんだ……。

気づかれたら、恥ずかしいよ」

「だから、やめ……っ、ん……っ」

なおも布地にじらされ、田辺の甘い声に耳元から欲情する。そのことに気づいた田辺は、首筋にきつく吸いついて離れた。

「そんな姿は、俺だけのものにしておきたい。こんなことをしてるのも、秘密のまま……。ね……」

立てた膝にくちびるが押し当たり、ボクサーパンツが剝ぎ取られる。

田辺は躊躇《ちゅうちょ》なく口元へ持っていき、匂いを嗅ぐ。大輔は慌てて取り戻し、壁に向かって放り投げた。

「ばか……っ」

「いいじゃん。あんたの匂いがついているものは、なんだって好きだよ」

爽やかな笑顔をしてみせても、田辺の目はどこか焦点が合っていない。

「そ、そーいう、問題じゃ……、な、い……っ」

「大輔さんの、雄の匂いが染みついて、フェロモンで頭がおかしくなりそう」

「もう、おかしいだろ……っ」

「それもイヤ？　嫌い？」

大輔の片足を摑みあげ、膝の内側からくるぶしへとくちびるを滑らせる。靴下はまだ履いたままだ。大輔はハッとして身体をよじった。

しかし、間に合わない。

布越しにくるぶしをかじられ、痛みに声をあげる。けれど、身体は過剰な反応をして、背中がのけぞった。痛みが快感の糸口になり、息が乱れる。

「どこもかしこも、全部、舐めてあげる」

田辺はかすかに笑う。淫靡《いんび》さにめまいがして、大輔は声を震わせた。

「……汚い……っ」

「大事なところを舐める前は口をゆすぐよ。キスもしない」

「だ、だめ……っ」

靴下を履いた足先に頬ずりをされ、大輔は慌てふためいた。絶対にイヤだと思ったが、鼻先をこすりつけられ、指先に足を揉まれると気持ちが揺れてしまう。

「ち、ちがうとこ……っ、してくれ……っ」

「どこがいい？」

「そこじゃなかったら、どこでもいい……」

泣きを入れると、足がベッドの上におろされる。壊れやすいものを動かすときのように丁寧な動作だ。

田辺は身を伏せ、今度は膝から股関節《こかんせつ》へ向かってくちびるを滑らせた。肌に線が描かれ、大輔は肌を強張《こわば》らせる。

　ときどきキスでマーキングされて、感覚が鋭さを増す。期待している自分を否定せず、大輔は身を投げ出した。

　田辺のくちびるは、絶頂を逃して萎《な》えた中心部に触れず、もう片方の足へ移動する。身体の外側を這い、くすぐったくて身悶《みもだ》える大輔のシャツを引っ張った。

　シャツのボタンを下からはずし、真ん中のふたつを残して手のひらを差し込む。肌を撫でられ、後ろ手に肘をついた大輔はあごをそらした。

　ワイシャツの上から探し当てられた乳首が、形のいい鼻でちょんと押される。

「ん……」

　足を避けてもらった分だけ、素直に胸を突き出すと、布地ごとくちびるに挟まれた。舌先になぶられて布が濡れる。そこだけ色を変えて、しこり立った乳首が透けるいやらしさだ。視界の端にとらえた大輔は顔を歪めた。

　もっとして欲しいと言いそうになる。言えば、田辺は喜ぶ。わかっているから、たやすくは口にできない。

「あっ、ぁ……はっ」

　息が震えていることは隠しようがなく、性感帯になってしまったこともすでに知られている。田辺はなおも執拗に舌先で乳首を転がし、軽く歯を立てた。

愛撫されるほどに勃起した乳首がジンジンと痺れ、胸の奥さえもが掻き乱される。たまらずに腰が揺れ、大輔は羞恥にくちびるを噛む。

田辺はなにも言わずに大輔を促し、身体を反転させると前のめりに両手をつかせた。

今度は背中への愛撫だ。舌先と息づかいがワイシャツをたどり、着衣のままのいやらしさが募っていく。ネクタイがだらりとベッドにさがっているのも卑猥だ。その向こうには、ベッドカバーについてしまいそうな大輔の屹立が、びくんびくんと根元から動く。

「ん。ん……っ」

自分の身体の一部なのに、まるで制御が利かず、快感は股間から腰裏を包んで全身へ広がる。やがて、どこをたどられても息があがり、愛撫に悶えたくなった。

「乳首、好き……？　どうされたいの」

背中にぴったりと寄り添った田辺のくちびるが襟足を乱し、シャツの内側に指が這う。

「……さわ、って」

「うん。どんなふうに？」

そっとたどり着き、乳首の周りをくるりと撫でられる。

「……ん」

息を詰めると、爪の先が突起に触れた。弾かれ、挟まれ、声が出る。

「あぁ……っ」

「こっちも？」

　ささやき続ける田辺の手が、両胸の尖りを捕えた。根元からしごいたあとで、先端だけを撫でられる。

「……も、もっ、と……。こりこり、って……」

　じれったさのあまりにねだると、きゅっと指の腹で摘《つ》まみ潰《つぶ》された。

「う、くっ……ぅ」

　快感がパッと目の前で弾けて、反り返った先端からガマン汁がしたたり落ちる。

「や……っ。う、うぅ……っ、あ、あぁっ……」

「乳首、気持ちいい？　このまま、精液、出ちゃうんじゃない？」

「あ、あっ……ん、んっ……」

「でも、もうちょっとだけ……我慢しようか」

　乳首をいじり続ける田辺の片手が腰裏を這い、大輔は深く息を吸い込んだ。想像通りにスリットが分けられ、指が這う。トントンと、すぼまりをノックされてめまいがした。

　きゅうっとすぼまっただけで、内側に興奮が及ぶ。期待していたからだ。普段は秘めている場所を暴かれて得られる快感を、大輔はもう知っている。

　我慢できずにのけぞると、田辺のくちびるが尾てい骨のくぼみに押し当たった。両手で尻を掴まれ、舌が這う。

大輔は額《ぬか》ずく姿勢になり、腰を高くあげた。恥ずかしさよりも、快感を求める気持ちが勝つのはいつものことだ。

肌をキスで埋める田辺は、頰や指先でも尻肉の感触を楽しみ、ゆっくりと膨らみを割り開いた。濡れた感触がすぼまりを突き、離れると涼しさが走る。

「あぁっ……」

甘たっるい声を発した大輔は全身を震わせた。敏感な場所に舌が這い、味わうように舐め尽くされる。その冒瀆《ぼうとく》と背徳の生温かさに肌が粟立つ。

「……ん、んんっ」

身体がびくっと跳ねて、両手でしっかりと腰を摑まれる。

「エッチな匂いがしてる……」

「ば、か……いや、だ……」

口では拒んでも、動物のような舌づかいで秘所を舐められる快感は大きい。熱を帯びた肌が汗ばみ、右へ左へと揺れる尻を揉みしだかれる。

ほぐれた穴を開かれ、尖らせた舌がねじれながら突き入る。濡れた感触がして、腰が緊張した。深い快感が湧き起こる。

「あ、あ……ぁ」

ほんの浅い場所をぬく、ぬく、と出入りする舌片の悩ましさは指とも違う感覚だ。さらに生温かい息づかいまで吹きかかり、思考回路がショートしそうになる。

田辺がしていると思うから、いっそういやらしい。そして、興奮してしまう。

「あ、ん……っ。ん……」

もっと奥に欲しいと思う気持ちが悩ましく渦を巻き、ベッドカバーを鷲掴《わしづか》みながら額をすりつける。吐き出す息も濡れて聞こえ、自分の耳にも淫らに響く。

「大輔さんのここ、こんなにも小さいのにね。俺のモノが根元まで飲み込めるなんて、本当にすごい」

柔肉の溝を這っていた舌が離れ、割り引かれた尻たぶの端境にキスが落ちる。羞恥が募り、いたたまれなくなった大輔は小さく唸った。

「……んな、の……言うな……」

力を抜けば、舐められた場所が口を開きそうでこわい。けれど、すでにじっくりと観察されているのだ。大輔のすぼまりは、かすかな息を継ぐように、開いては閉じ、閉じては開く。

「お口がパクパクしてるよ。中の肉がピンク色だ……」

「……あぁ……っ、や……」

田辺の視線を想像するだけで、身悶えてしまう。ほどけた秘所へローションが運ばれ、沁み込むように内側へ入っていく。指の動きはいっそうなめらかになり、ぐちゅぐちゅと濡れた音がする。

「今夜はいつもより大きいから、しっかり慣らしておかないと……。俺の大事な、大輔さん……なんだから」

ささやきが肌を撫で、指が円環をなぞる。そして、ゆっくりと沈んだ。二本なのか、三本なのか、大輔にはわからない。深々と差し込まれ、開きながらねじられる。

「あ、ぁ……」

目の前でなにかがチカッと弾けて、大輔はあごをそらした。

田辺の節くれが柔らかな粘膜を掻き、顔を歪めても耐えきれない悦が溢れる。指はさらに柔肉を乱し、奥へ奥へと道を開く。

「ん、ん……ぁん…」

「あぁ……、下のお口も、くわえるのが上手だ。もう根元まで入ってる。わかる？」

かすかに笑う田辺は淫靡に上機嫌だ。いたぶるような雰囲気は微塵《みじん》もなく、大輔の身体を丁寧に開いていく楽しみに浸っている。

いつもよりも熱心にじっくりと見つめられ、大輔は身をよじった。

「……あ、あっ」

田辺の指は形がよく、長い。深々と大輔の奥地を探り、いやらしくこってりと攪拌《かくはん》の動きを繰り返す。それが田辺の愛撫だ。つまり愛情の証《あか》しでもある。

だから、恥ずかしさと嬉しさが大輔の中で入り混じり、嫌と言えず、身に余るほどの甘やかしに肌が火照る。

頭の芯がぼうっとして、とりとめもなく喘いで身を震わせた。

まるで大輔の方が媚薬を仕込まれたようだ。それとも、指先から成分が移り、おかしくなっているのかもしれない。

「大輔さん、大輔さん……っ。興奮してるね、すごい締まってる。ここに入ったら、俺の気がおかしくなるかも」

田辺は短い息をつき、大輔の身体をごろっと横向きに押し倒した。

指を差し入れられたままで転がり、促される通りに仰向きになる。両足の間に田辺が膝をついた。

「ねぇ、興奮してるのがわかる?」

視線が絡まり、大輔は大きく息を吸い込む。見つめ返してくる田辺の瞳は、淫らな欲望に苛まれ、獰猛《どうもう》さを隠しきれなくなっている。こらえた息づかいが浅くなり、自嘲気味に微笑んだ。

「薬のせいだけじゃない。大輔さんに酔ってるんだ」

歯の浮くセリフだったが、快感に浸った大輔にはダイレクトに響く。ぎゅっと収縮する内壁を押され、身体の内側から性感帯をさすられる。前立腺《ぜんりつせん》だ。

刺激に翻弄《ほんろう》された大輔の肉棒は硬さを増し、田辺のすらりとした指が絡む。

根元から手筒が動き、先端に至って手のひらに包まれた。ローションが行き渡り、ぬるぬるとして気持ちがいい。

「……ぁ、く……っ」

「ほら、下のお口も上あごが弱いね。コリコリしてるところをしごかれると、お○んちんがどんどん大きくなる……。いやらしいね、こんなところで感じるようになって……恥ずかしい？」

「言う、な……」

「だめ……。全部、言う。あなたの素敵なところだから、全部、言わせて。ね……大輔さん、大好きだよ」

田辺はまるで羞恥を感じていない。熱に浮かされたように、真剣な顔で繰り返す。

「かわいい。こんなに勃起させて……」

「あ、あんっ……ぁ」

「感じてる声、もっと聞かせて。興奮しないと、クスリが抜けないかも……ね？」

甘えるようにささやく田辺は、いつも大輔を褒める。媚薬が効いていなくても同じだ。

ベッドに上がると歯止めが利かなくなるが、ふたりが関係を持った当初はもっと意地が悪かった。大輔を恥ずかしがらせて貶《おとし》めるための言葉責めだったのに、いつのまにか、甘いささやきに変わってしまった。

とはいえ、聞かされる大輔にとっては、いまでも羞恥プレイだ。抱かれる姿を褒められて身悶えながら、倒錯的な快楽に溺《おぼ》れてしまう。

田辺の声で褒められるのは嫌いじゃない。深い快感を得てしまう分、むしろ好きの類《たぐい》だ。ひどい言葉ばかりが『言葉責め』なのではなく、とろとろに溶けるような甘いささやきが生み出す羞恥もまた『言葉責め』の一種だと、今夜もまた思い知る。

赤ん坊のように転がって両足を開き、愛撫に身悶えて腰を揺らした。喘ぎが止まらず、身をよじらせる。

すると、田辺が身を伏せた。

「あぁッ！」

濡れた肉棒の先端を、舌先のねっとりとした動きで包まれる。

そのまま、くちびるに引き込まれ、生温かく濡れた口腔でしゃぶられる。

ふっくらとしたくちびるの肉がカリのくぼみに引っかかり、ネジ回しのように右へ左へと半回転した。そのたびに舌の広い面が、膨らんだ亀頭に押し当たって動く。

「ん、ん……ぁ、い、く……」

壁際でフェラチオをしたときに逃してしまった射精感は、前立腺への刺激と相まってすぐに高まる。

「まだ、ダメだよ」

じゅるりと音を立てて吸われ、大輔はベッドカバーを引き寄せて腰を浮かせた。出ると思った根元を絞るように摑まれ、さらに執拗な絶技に翻弄される。

艶めかしさを過ぎて卑猥な水音をさせながら、田辺は恥じらいもなく大輔の亀頭を舐め回す。濡れた舌はまるで別の生き物のように動き、いざなわれた口の中は、唾液の温かさで満ちている。

それらの与えてくる快感に責め立てられ、大輔は喘いだ。射精したいのに許されず、腰がしきりと浮く。

「あ、あーっ、や、だっ……。あぁ、く……っん……んんっ。いきた……っ、い。いきた、い……あやっ」

太々とした肉棒に浮き出た血管が、ずきんずきんと脈を打ち、大輔はたまらずに腰を動かした。突きあげると押し戻され、前立腺をこりこりともてあそばれる。

「う、くっ……」

奥歯を嚙んでこらえたが苦しい。けれど、耐えれば耐えるほど快感は強くなる。射精したい欲求がのたうち、大輔は頭上のベッドカバーを引き寄せて口元を押しつけた。

「あぅ、あ、あっ……あーっ、ぁ……ッ」

シャツもネクタイもそのまま、靴下も履いたまま、田辺から与えられる深い快感をのたうちながら思う存分に貪った。気持ちよくて気持ちよくて、何度も叫んでしまうほどだ。見られていることを嬉しいと思う気持ちが芽生え、胸の奥がぎゅっと締めつけられる。

「欲しがりだね、本当に……エロくて、たまらない」

つくづく感じ入ったように言われ、大輔はくちびるを噛みながら視線をそらした。

褒められていると理解している。それでも、大きな声を出す恥ずかしさが戻ってきてしまうのだ。

そんな大輔を見て喜ぶ田辺の股間は隆々と勃起している。丸々とした亀頭で上あごをこすられる感覚がよみがえり、大輔は知らず知らずのうちに膝を引きあげた。腰が持ちあがり、指を差し込まれた尻の位置が高くなる。

「もう欲しくなっちゃった？　えらいね、ちゃんとおねだりのポーズができるんだ……」

「く……っ」

「まだ恥ずかしがるのも……ウブでたまんない。でも、自分で腰をあげちゃうんだね。お尻の穴が丸見えだ。俺の指をハムハムって食べてる。大輔さんの穴はいやらしいね。本当に欲しがりで。……かわいい」

息をつく暇もない言葉のシャワーに羞恥を煽られ、大輔は顔を真っ赤に上気させる。頬を歪めたが、快感はやはり全身を駆け巡っていく。

田辺がなにかを言うたびに、大輔の沼地は指を引き込むようにうごめいた。そのたび、大輔にも貪欲《どんよく》な快感が与えられる。

かわいいとささやかれて、充足感に熱くなる胸の奥が恐ろしい。それでも、こんな自分じゃなかったと思うのは一瞬で、すぐさま田辺の手中に落ちる。

褒められて甘やかされて、艶めかしく淫靡な快感のすべてを知るのだ。禁断の実は甘い汁をしたたらせて、大輔を夢中にさせる。

誰にも見せない姿だから、田辺にだけは晒したい。

悦楽に感じ入る表情も、暴かれる快感に溺れていく身体も、すべて田辺だけのものだ。

「大輔さんの中のいいところ、こっちでかわいがってあげる。ね、だから……」

指が抜かれ、大輔の昂ぶりを掴んだ状態で田辺がバスローブを脱ぐ。

横臥《おうが》して互い違いに向かい合い、それぞれの性器へ舌を這わせた。シックスナインの体位だ。

大輔が舐めると、田辺はキスをして、田辺が吸いつけば、大輔も深く迎え入れる。吐息と喘ぎが繰り返され、濡れた音を立てることに大輔は没頭した。やがて田辺のフェラチオさえうっとうしく感じ始めた。腰を引いて、くちびるを離す。

「もう、無理……」

たっぷりと濡らしたものを指先で支え、まなざしだけで求める。わかってくれる安心感に甘えてねだる。

「ちゃんと濡らしてくれた？　うん、いいね……上手だ。じゃあ、入るね……」

田辺が動き、また足の間へ戻る。今度は枕《まくら》を引き寄せた。

「……いつもの、して？」

片足をそっと撫でられ、膝が引き上がる。

「さっきもしたよね。大輔さんのかわいい格好……。ね、俺を興奮させて」

「……っ」

すっかり好みのタイプになってしまった田辺のきれいな顔立ちで言われると弱い。どんな甘えも、おねだりも、叶《かな》えてやりたくなってしまう。

大輔は自分の膝に腕を回し、胸へと引き寄せて抱えた。

持ちあがった腰の下に、枕がねじこまれる。それから、もう一度、ローションが足された。大輔の股間にそそり立つものに垂れ、そのまま幹を伝い、会陰を流れて穴に行き着く。

田辺の手が、大輔の肉棒からしごき取ったローションを、自分の股間に塗り込める。

「……入れたら、どれぐらい理性を持っていられるか、わからない。でも、傷つけたりはしないから。それは絶対だから」

深呼吸を繰り返す田辺の肩が上下する。

いざ挿入する段になり、媚薬効果の興奮を持て余し始め、ぶるっと大きく震えた。緊張感を目元に滲ませ、大輔の太ももの裏を押しながら腰を近づける。

「……ぁ」

大輔が息を漏らす。濡れた砲身が、思いのほか、先端までガチガチに硬かったからだ。ぐっと押しつけられただけで、先端が円環を広げて入り込む。

「あ、ぁ……やば、ぃ……」

声が溢れた。

丁寧にほぐされて濡れた場所が全方位に押し広げられて圧迫される。戻ろうとする動きで肉襞《にくひだ》が田辺に絡みつく。ずくっと差し込まれ、大輔のあごが上がる。

「ぅ、んっ……あぁっ！」

ふくふくと育った亀頭が内壁の上側を舐めるように動き、待ち望んだ快感の片鱗を与えられた大輔は過敏に反応した。身体がぎゅっと緊張して、抱えた膝をいっそう引き寄せる。

「あ、あっ……」

声が震え、腰が跳ねる。全身が波立った。

「……まだ、入れただけなのに」

笑った田辺の言葉で、腹に生温かさを感じた。火照った肌の上に、挿入された刺激で飛び出た少量の精液がこぼれている。

「……だ、って……んっ、あ、あっ……」

「あんまりかわいいと、歯止めが利かないよ。ねぇ、大輔さん」

ねっとりと呼びかけられ、身体が芯からわななく。抜き差しのストロークは強く、いつも以上のインパクトだ。入り口から奥まで余すことなくねじ込まれ、さらに奥があることを知っているだけに、こわくなって身をよじる。しかし、言葉は裏腹だ。

「……いい。……いい、から……きかなく、て……いい……あ、あっ、……っん！」

ある部分をごりっとえぐられ、声がくぐもった。反応を受け取った田辺は、しつこく同じ場所を責めてくる。

「あ、あっ……あぁ、あっ、あっ……ん……っ」

前立腺と田辺の先端が、大輔の身体の中で揉み合いになるようだ。

丹念な前後運動で、こりこりとした部分が突き回され、押しつぶされるたびに、ひしゃげた快感が溢れ出て、鼻に抜ける声は止めようもない。

「あんっ、ぁ……あっ、ん……」

甘えたような声は田辺を興奮させ、大輔の中で脈を打ってさらに育つ。腰の動きとは違う跳ね方に内壁を叩かれ、大輔はふたたび身悶えた。

目を閉じても開いても快感しかなく、自分の膝にすり寄せたくちびるさえもが肌に劣情を与える。めまいがめまいを呼んで、膝の間から田辺を見た。

すがるようなまなざしに返されるのは、悠々とした笑顔だ。けれど今夜はいつもと違い、野性的な欲望が隠しきれずに立ち現れ、精悍さも加わっている。

知らない男に抱かれている気分が胸をかすめ、それが田辺だとわかっているだけに倒錯的だ。田辺でなければ受け入れない。しかし、隠された本性には抱かれてみたい。

「ごめんね、大輔さん……」

腰を使いながら、田辺が言う。その声も快感でくぐもって低く、かすれがちだ。

「あっ、あっ……」

一突きごとに田辺の激しさが増して、大輔が継ぐ息づかいは刻まれる。

「はぅ、あ……っ、は、あっ……んっ」

「こんなことに、付き合わせるなんて」

わずかに残った理性で謝る田辺を、大輔は濡れた瞳で見つめた。視界はぼやけて、よく見えない。でも、顔は思い描ける。

どんなときも輪郭を忘れたことはなかった。

好きになってからは、ずっとそうだ。涼しげで清潔感がある。それなのに、詐欺師の性悪さがほんの少しだけ残っていて色っぽい。女なら、みんな惚れるだろう。

そう思うことが、ときどき胸に痛い。自分だけの田辺でいて欲しかった。これからずっと、こうして恥ずかしいようなセックスで交わっていたい。

「も……、いい、からっ……あぁっ、きもち、いい……。その、うご、き……やば、ぃ……あぁ、あぁっん！」

ぐいっと押し入れられ、奥をぐりぐりと突かれ、また引いて浅い場所から一気にえぐられる。息を詰まらせながらのけぞり、大輔は腰を振った。無意識の行為だ。性器の裏を刺激され、出したくてたまらずに腰が浮く。

「あ、や……、あや……」

「腰が動いちゃうの？　エロい……。素敵だよ、大輔さん。俺に突っ込まれて、腰がガクガクになってるの、すごくそそる……。俺だけだね」

膝を抱えた腕がほどかれ、ベッドカバーに手首を縫い止められる。シャツは汗で湿り、ネクタイは胸でぐちゃぐちゃに乱れていた。

田辺の腰はいっそう淫らに動き、遠慮も容赦もない。大輔の足を押し開いて進み、乱れた径《みち》をなぞる。

ローションを沁み込ませた柔肉はぬちゃぬちゃといやらしい沼地の音を立てたが、ふたりの耳には互いの喘ぎしか聞こえなかった。

「あや……ぁ、あ、あんっ……」

「すごい……。すごい、気持ちいい。頭がおかしくなりそう……あぁっ……」

目元を歪めた田辺は、奥歯を噛みしめて腰を振る。一瞬、動きが止まり、また動き出す。

「大輔さん、イッちゃいそう……」

腕を押さえていた田辺の手が離れ、肘が顔の横に添う。

肩が上へずれないように肘先をあてがった田辺は、大輔の髪に指をもぐらせて頭部をがっしりと摑んだ。ゴールを求める動きは性急だ。息ができないほどに揺さぶられ、大輔は涙をこぼしながら田辺の二の腕に指を這わせた。

肩を摑み、喘いでのけぞる。しかし、思うほどには動けない。田辺の全身で押さえつけられ、ズクズクとピストン動作を繰り返す肉杭《にくくい》の快感に責められる。

「く、ぁ……ッ……あぁッ、んっ……！」

「感じすぎないで……、まだ一回目だ」

恐ろしいことをさらりと口にして、田辺がくちびるを重ねてくる。舌が絡んで離れ、額同士を合わせる。

小刻みに腰を動かした田辺が小さくうめきを漏らし、大輔の中で砲身が大きく跳ね回って果てた。しかし、田辺はすぐに動き始める。

「え、ちょっ……うそ……」

驚いた大輔の頭を押さえた田辺が笑う。

「二、三回は萎えないと思う」

「……ぁ、無理……」

本音が口をついたが、組み敷かれて逃げられるはずもない。萎えないどころか、さっきよりも太くなったように思える昂ぶりが動き出し、大輔は両手で田辺に取りすがった。

「あ、あっ……ふと、ぃ……ぅ、ぅんっ……やっ……」

「嘘でしょ。こんなにも感じてる。……気持ちいいって、教えて。太いの、好き？」

「あ、あっ……」

内壁をぐずぐずと掻き回され、息が乱れて思考が追いつかない。酸素が不足して息苦しくなるのに、快感が快感に重なり、腰は浮きあがって揺れてしまう。

「……っ、すき、すき……。あやの……っ、ち○ぽ、いいっ」

声が喉でくぐもり、息づかいと絡み合って卑猥な言葉が口をつく。田辺の腰もぶるっと震えて、興奮がさらに深まったのが伝わってくる。そのために口にした淫語だ。

もっともっと、求めて欲しくて、大輔は膝を開く。

「いい子だね」

甘ったるくささやいた田辺に髪を撫でられ、大輔の下腹部が波立った。ぴったりと寄り添われて、腹筋で昂ぶりの裏筋をこすられる。先端は滴を垂らし、細く糸が引く。

「大好きだよ、大輔さん。本当に、好き……。だから、止まらない」

田辺の腰が一気呵成《いっきかせい》にガクガクと揺れる。深々と刺さった硬直は出入りを続け、大輔は息も絶え絶えに喘いだ。快感に溺れる田辺の息づかいが、さらに乱れていく。

その興奮した息がひっきりなしに大輔の耳元をなぶり、腰回りが小刻みに痙攣《けいれん》する。

「とま……なくて、いぃ……。きもち、い、から……あ、あ……もっと……」

「んっ……大輔さん……っ、あぁ」

感嘆のうめきを繰り返し、田辺は夢中になって腰を振る。たっぷりと汗を流し、全身が濡れそぼる。

「こんなにかわいい大輔さんを、忘れちゃうのかな。……もったいない」

独り言のように口にして、大輔のシャツで額の汗を拭う。そして、荒々しく乳首へ吸いつき、腰を大胆に回す。

シャツが濡れて、大輔の肌に貼《は》りつく。それもまた刺激だ。ひとつひとつが淫猥《いんわい》さを帯びて引き返せない。

互いの理性が剥がれ、本能が腰を疼かせるばかりになっていく。

「あぁ……っ」

「大輔さんは覚えていてよ。俺が何回、あなたの中でイッて、出して、気持ちよくなったか……忘れずにいて」

止まらない腰を動かし続けながら、キスをねだられる。左右から押さえてくる田辺の手を逃れて、大輔はくちびるへ吸いついた。髪が引っ張られ、痺れが全身を伝う。

「う、ん……っ」

ぞくぞくっと身体が震えて、前立腺をこすられ続けた性器から体液がしたたる。シャツの裾が濡れたが、いまさらだ。

「あ、あぁ……っ」

触りもせずに精液を突き出され、大輔はじれったさに身悶える。まだ気持ちよくて、腰がしきりと前後に揺れてしまう。

「んっ……あぁ」

ふたりの間に田辺の手が差し込まれ、吐精を促すように根元から何度かしごかれる。大輔の喉から爛《ただ》れた嬌声《きょうせい》が漏れた。肌が粟立ち、腰がよじれる。

甘い息づかいを響かせた大輔は、痙攣する腰を野放しにして、目の前のくちびるを貪り続けた。キスをするのが気持ちよくて、快感は触れ合う場所すべてから生まれてくる。そして、渦を巻くように互いの身体を行き交う。

大輔は濡れた肉壁で田辺を締めあげた。逃れようとする太棹《ふとざお》は悶えながら前後に動く。激しい興奮が大輔を襲い、よじれた背中に田辺の腕が回った。

「あぁ、大輔さん……っ。いく、いく……また…っ」

しがみつくように肩を押さえられ、がっちりと拘束される。

「あっ、あっ、あーっ」

大輔は身を揉んだ。深々と挿入された太棹であらぬ場所を乱され、こわいほどの悦が溢れ出る。脈を打ちながら撒き散らされる田辺の体液に深部が濡れ、それさえも過敏な悦楽に変わっていく。指の先、足の先までもが打ち震えた。

「はぅ、ぅ……っん……」

硬直のあとの弛緩《しかん》がさざ波立ち、興奮に目元がかすむ。

「はぁ……は……はぁ……」

息を継ぐこともままならず、大輔の意識がかすかに途切れた。身体がガクガクと震えるのは、衰えることを知らない田辺がふたたび動き出したからだ。

「……や……も……っ」

言葉にならない声をあげて、これ以上は無理だと訴える。背中に爪を立てたが、夢中になっている田辺は気にもしない。

痛みさえもが快感にすり替わっているのだろう。大輔の肩口に顔を伏せ、獣のように息を乱して腰を振る。

けれど、発する言葉はヒトのそれだ。

「大輔さん、だいすけ、さん……っ、たまんない……あぁ……んっ……また……っ」

一度も抜かずに、田辺は何度目かの絶頂を迎えた。呼吸さえままならない大輔は、全身を突っ張らせる。田辺が感じる興奮の、いったい何割を経験しているのか。同じであればいいと願う気持ちがさらなる快感を呼び込む。

乱れた息が細くかすれ、まるで泣き声のように響く。すると、田辺が顔を覗き込んできた。

「つらい……？」

不安げな目元は上気して、ギラギラとした情欲が滾《たぎ》っている。求めても求めても足りないのだろう。それが媚薬による飢餓ではなく、征服し尽くすことができない苦しみだと大輔にもわかった。

田辺の瞳は雄弁だ。懇願するような愛情を持って恋の果てを探し、大輔を求めている。

「へい、き……」

かすれた声で答えると、田辺は照れ笑いを浮かべて身を起こした。

「大輔さんも、また出したくなってるね……」

ふたりのあいだで押しつぶされ、じんじんと痺れている性器に指が這う。

「あっ……ッ！」

痛いほどの快感が走り、大輔は足先を滑らせた。

「いっぱい感じていいよ」

膝の上に大輔の腰を引きあげ、浅いピストンを繰り返しながらローションを引き寄せる。

「それ……、だめ、だ……っ」

小さく叫んでも、身体は逃げない。汗で濡れたシャツを上半身に貼りつかせた大輔は、両手を頭上へ挙げた。指に触れるベッドカバーを握りしめる。

すでに達した大輔のものにローションが垂れ落ちた。田辺の手のひらが添い、たっぷりと溜めてから先端を包む。

「う、くっ……」

「期待してるね。後ろがよく締まる……。でも、ぐちょぐちょに柔らかくなってる。すごい……」

「ぁ……ぁ……」

「俺は幸せだな。媚薬がガンギマっても、こうして愉《たの》しんでくれる恋人がいるんだから」

「たの、しむ……って……」

「そうじゃないの？」

ぬるぬるとした手のひらが動き、大輔の先端が撫で回される。くすぐったいような感覚を意識して快感へすり替える。その術《すべ》は、何度も繰り返したセックスで身についたものだ。大輔にも気持ちよくなって欲しいと下手に出ながら、これまでの田辺は、次々に変態的なプレイを繰り出した。いろんなことを試し、いろんな快感を知った。

もともと快楽に弱い大輔の拒絶は単なるポーズだ。田辺も知っているから、腰を低くしてねだってくる。

恋人に頼まれたら断りづらく、さらに気持ちがよくて受け入れてしまう。

「あ、ぅ……ん……」

ローションのぬめりが根元から先端まで行き渡り、下生えの草むらにも沁み込んで溜まる。じわじわとした気持ちよさがコントロールされて、大輔はスンと鼻を鳴らした。

「おかしくなるところ、見せて」

整った顔立ちの恋人は、甘い声で卑猥なことを言う。

性欲が強いタイプではないはずだが、大輔に対しては飽くなき欲望を秘めている。底なしの執着心を見せられて感じる怯えはすでになく、いまはただ、嬉しさが増していくばかりだ。

「や、だよ……」

軽く睨んで返すと、先端を手のひらで包まれた。指はカリ首に沿い、ゆっくりとねじるように動かされる。

「あ、ん……っ」

「ほら、お○んちんが跳ねたよ。気持ちよくて、もっとして、って言ってる」

「……言って、な……ぁ、あっ、あっ……」

田辺の手は、大輔の弱い場所を知り尽くし、丁寧に手際よく快感を積んでいく。

「内側のいいところもまた膨らんでる」

言われながら腰を揺らされると、前立腺に押し当たった先端が小刻みに動く。

「あ、あっ……ん」

たまらずに身をよじり、大輔は自分の腕を引き寄せた。袖に顔を押し当て、声をこらえる。射精したばかりの性器を執拗にいじられるもどかしさで息があがり、そのあとでやってくる快感に期待してしまう。

大輔の片手がそろっと動き、シャツの中に潜り込む。乳首を指に挟むと、身体がきゅっと強張る。田辺の先端に、自分から気持ちのいい場所を押しつけ、腰を揺らした。

「……欲しがってるの、すごくセクシーだ。乳首、気持ちいい？　こりこりしてるの？」

「ん、んっ……」

片腕でくちびるを押さえ、もう片方で乳首をこねる。腰は揺らめいて田辺に寄り添い、屹立の先端は休むことなくこねられる。

頭の芯がぼうっとして、汗がじわりと肌を濡らす。

「大輔さん、両手で乳首をいじって……。いやらしく身悶えるところを見せて」

「……ん」

シャツを引っ張られて、腕が下がる。まくれあがったシャツの裾から紅く色づいた乳首が見える。ぷっくりと膨らみ、指で撫でると淡い快感が腰まで伝い流れていく。

「あ、あっ……」

「あー、やらし……。シャツもビショビショだね。汗と、精液と……」

「ん、んっ……」

「いけない気分になるな……」

ぼそりとつぶやきながらも、田辺の手と腰は止まらない。

「あっ、んっ……んっ……、あ、あ……出そ……。あ、あやっ……」

ぎゅっと乳首を指に挟み、大輔は腰を浮かせた。その瞬間を求めて自分から腰を振る。

「あ、あっ……、出る、出る……っ、ん、んっ……」

射精とは違う感覚に身体を揺さぶられ、背中を大きく湾曲させてのけぞった。先端を撫で回していた田辺の手で根元から先端までが促される。透明な液体が高く飛び散った。

「あ、あ、あぁッ」

腰がガクガクッと震え、声が喉から溢れ出る。

「ん、んっ……」

「もう一回、来るでしょ？　ね、見てるから、イッて……」

田辺が揉むのは、竿《さお》の下にある袋だ。そこもドロドロに濡れて、さすられるだけで気持ちがいい。いわゆる潮吹きをした大輔の身体は、自制を失って跳ねた。

「あ、んっ……ッ」

「あぁ、すごい。やらしい……」

我慢できないと言いたげに手を離した田辺が、大輔の両足をかかえあげた。胸に抱き寄せて、踵《かかと》を肩にかつぐ。

「あ、あっ……やっ……あぁッ」

興奮に任せた動きで容赦なく腰を打ちつけられ、大輔はベッドカバーの波の中でのたうつように身をよじる。そのたびに腰が跳ね、田辺の硬い肉竿で貫かれてめまいがした。目の前でチカチカと光が瞬き、ベッドカバーを引き寄せて、さらに身悶える。

「あぁ、あ、あっ……来る……ッ、あ、あっ、あーーッ」

声を振り絞って、ベッドカバーにくちびるを押しつけた。

「俺も、いくっ……大輔、さんっ……あぁ、いく、いく……」

声がぐっと低くなり、抱きあげた下半身を貫く律動が小刻みに速くなる。大輔はとっさに視線を向けた。自分の男が野生に返る瞬間に目を見開く。

吠《ほ》えるような声に胸が掻きむしられ、苦しげに歪んだ顔つきを美しいと思う。

「だい、すけさん……すっごい、出た……」

ため息を吐き出して、田辺が感嘆の声を漏らす。

腰がベッドへおろされ、ようやくずるりと楔《くさび》が抜ける。その淡い感覚にももどかしく腰を揺らし、大輔は細い息を繰り返す。

ベッドカバーに顔をこすりつけ、ちょっとしたことで跳ねてしまう腰に辟易《へきえき》する。気持ちよさが尾を引いて、もう一度、入れて欲しいような気さえするぐらいだ。

「ねぇ、大輔さん……、大輔さん」

肩を揺すられ、嫌な予感がした。甘えるような声を出すときの田辺は要注意だ。

とんでもないことを言いだし、きっと大輔は断れない。

「……俺のザーメン、掻き出してあげるから、上に乗って」

「ひぇ……」

やっぱりと言えずに、声が喉に突っかかる。

それよりも気になるのは、田辺の下半身事情だ。乱れたベッドカバーの上で、ちらっと視線を向ける。

「……おまえ、それ……だいじょうぶか」

「たぶんね。もう、ずっと気持ちがいい」

田辺が手筒でしごいている肉竿は、さっきとまるで変わらずに勃起して、赤黒く血管を浮き立たせている。

「怒張……」

思わずつぶやいてしまうと、腕を摑んで引き起こされる。

「やーらし……」

ふざけて言った田辺は笑いながら転がり、腹に向かって反り返った屹立の根元を支えた。

「おいで、大輔さん。置きバイブで遊ばせてあげる」

「あげる、じゃ、ねーんだよ。なに、これ。媚薬ってこういう感じなのかよ……」

「もうずいぶん長いこと使ってないから、知らない。……早く」

急《せ》かされて、大輔はなおさらにノロノロと移動した。騎乗位も初めてじゃない。でも、好んでする体位でもなかった。自分で動く恥ずかしさでいたたまれなくなってしまう。

「どうして、そっち向くの」

背中を向けると、田辺が不満げに声を出した。ベッドサイドにもうひとつの枕をあてがい、肩から上を起こす。

「顔、見られたくない……」

「もう見たよ。潮を吹くとこまで見たのに……」

「ダメ、いやだ」

頑《かたく》なに拒んだが、足を開いてまたがった瞬間に後悔した。とっさに逃げようとした尻を摑まれる。

「絶景……」

「ば、かっ……」

大輔は羞恥で震え、自分の身体をぎゅっと抱きしめる。掻き出されるまでもなかった。大量に注ぎ込まれた体液は、大輔の意思とは関係なく逆流してしたたり落ちる。

「あ、くっ……」

ボタボタッと落ちる音がして、田辺の引き締まった腹に淫らな体液が溜まる。それを田辺がバスローブでサッと拭う。さらに尻を揉まれて促された。

「や、だっ……怒る、から、なっ……」

「あとで、いくらでも……。こんなプレイ、めったにできないじゃん。あー、やらしい、すごいね。ヒクヒクしてるところから、俺のザーメンがドロドロ出てきてる。ヤバい。舐めようか？」

「バカ！　絶対に、イヤだ！」

大輔は泣きそうになって前へずれた。引き戻される間に、腰を浮かし、握りしめた田辺の先端と位置を合わせる。

こんな恥ずかしい状態でシックスナインに持ち込まれるぐらいなら、乗っかった方がマシだ。少なくとも主導権は握っていられる。

しかし、浅はかな考えは妄想に近い。ぐぷっと飲み込んだ昂ぶりに真下から突きあげられ、大輔は喉を晒してのけぞった。

「あぁッ！」

射精するごとに伸びあがるのかと思うほど、田辺の先端は奥へ届いた。

「大輔さん、根元まで……」

腰を摑まれ、ふるふると髪を揺らして拒む。

「無理。無理だ……深い、とこ……」

「さっきより、ほんの少し、先に行くだけだ」

「嘘だ。違う……、こんな、こんなの……あ、あっ」

「じゃあ、いいところ、自分でこすって」

「も……っ」

イヤだと言っても、身体は止まらない。潮吹きまでさせられたら、頭の芯までバカになって、田辺の言うことしか聞けなくなる。

そんな言い訳を脳裏に繰り返して、大輔は腰を沈めた。

「大輔さん。シャツの裾から、チラチラ見えて、すごい、いやらしい。いいね、この向きも。ピンクの肉がめいっぱい拡《ひろ》がって、俺のが出たり入ったりしてる」

低い笑い声をくぐもらせて、田辺がシャツの裾をまくりあげた。

「あぁ、気持ちいい……。大輔さん、オナニー見られてる気分は、どう？」

「……さいてー。ほんと、サイテー。んっ、んっ……」

腰を上下に動かすたび、身体を支える太ももに負担がかかった。すると、自然に後ろが締まり、思わぬ快感になる。

「最低って声じゃない、けど……。いいよ、身体は正直だ」

意地の悪いことを言われたわけでもないのに、大輔の身体は過剰に反応して震えた。見られていると実感するほど、間接的な快感が募ってしまう。

「んっ、んっ……」

「大輔さん、奥までヌルヌルだね。自分で奥に誘ってるの、気づいてる？　腰を振るたびに、俺のが飲み込まれてる。もうすぐ、根元まで入っちゃう」

「うそ……」

身体の下に手を差し入れ、田辺の根元を探る。下生えを避けて摑むと、確かに残りは少ない。

「全部飲み込めたら、俺が動いてあげる。すごく、気持ちよくするから、もっと……ね」

尻を撫でられ、下から支えられる。大輔が沈むと、田辺の手も沈む。

「あ、あっ……も っ、や……」

日々鍛えあげ、体力にも筋力にも自信がある。そんな大輔でも、長い時間の開脚スクワットは太ももが震える。上下運動が加わればなおさらだ。

「……あ、ひぁ……ぁ」

衝撃を避けてゆっくりと腰をおろしたが、ずくりとねじ込まれて背中がしなる。

「くる、し……ん……ふ……」

「そのまま……だよ」

真下から突きあげに、腰裏が痺れる。大輔は身体を傾け、田辺の膝あたりに手を置いた。

体重をかけると痛いだろうと考える理性は、愛情ゆえの思いやりだ。身に染みついて、こんなときにこそ思い出される。

「あっ、あっ……あー……」

バウンドするように動く田辺の動きに翻弄され、声がひっきりなしにくちびるからこぼれた。飲み込めない唾液も、糸を引いて落ちていく。

「うっ、ぁ、あっ……」

腰を引きあげることができず、大輔は深々と貫かれる。先端までぎっしりと硬い田辺が、直腸のどのあたりを突いているのか、まるでわからない。でも、いままでよりも深い場所をえぐられていることは確実だ。

苦しさから生まれる卑猥な快感に、大輔は溺れきった。

「あ、あっ……うぅ、んっ……」

気持ちいい、気持ちいい、と、それしか考えられなくなって、うなだれながら涙を流す。顔を見られなくてよかったと思う。こんな感じ方は心配をかけるだけだ。

しかし、いずれは見られてしまうだろう。

夜はまだ続く。交歓の時間も長くなる。

「ふか、い……深い……。おくっ……あぁ、あっ、あっ……」

袖ごと腕を噛み、のけぞりながら腰をすりつける。チカッと星がまたたいて、身体が痺れた。涙混じりの嬌声が溢れていく。

「あっ、あっ……あぁ……っ」

振り返らなくても、田辺の表情はわかる。その欲望の深さも知っている。心配することはなにもなく、大輔はただ聞かせるために喘ぎ、快感を満たしてやるために腰を振る。

田辺の指は汗ばんで、大輔の腰を強く摑む。指先が食い込むのも欲求の強さだ。やがて起きあがった身体に背中を抱かれ、熱を出したように熱い手で下腹を探られる。

もう出ないと泣きながら、甘い言葉にねだられて身体を明け渡す。貪られる幸福は密度を増し、火照りの醒《さ》めない田辺を絞り尽くそうと内壁が痙攣を繰り返す。

「大輔さん……」

せつなげに悶えた田辺が、シャツをずらした肩へと歯を立てる。興奮を滾らせて息を乱しながら、すべてを打ちつけるように大輔を抱き続けた。

＊＊＊

「あっ、はい……はい。違います……」

大輔のかすれた声が聞こえ、田辺の眠りは浅くなる。ついさっきまで腕の中にいたような気がした。その人は、ベッドサイドに腰かけて、携帯電話を耳に押し当てながら頭をさげている。

「熱で、眠れなくて……。はい、そうします。はい……すみません、はい……」

ゴホゴホと咳《せ》き込んで通話を終え、携帯電話の画面を操作する。

「無断欠勤になるところだった……」

ぐったりとうなだれた背中は、筋肉がしっかりついていて逞しい。張り詰めた肌に、無数の赤い痕《あと》が散っていた。

「はぁ～……、水、飲も……」

重いため息をついて膝を叩く仕草は男らしくて『おっさん』だ。すくっと立ちあがったと思った瞬間、どたっと鈍い音が響いた。

田辺は慌てて飛び起きた。背中がぴきっと痛んだが、それよりも大輔が大事だ。キングサイズのベッドを這い、向こう側を覗き込む。

「大輔さんっ！」

全裸の大輔はうずくまっていた。

「腰が立たねぇ～……」

くっくっと笑い、腕の力で身を起こす。ベッドに背中を預け、のけぞるようにあごをそらした。

「ごめん……」

両手をついて見おろした田辺は眉をひそめた。昨晩のことはよく覚えていない。たぶん、抱いた。腕に閉じ込めた大輔がかわいくてたまらなくて、とんでもないぐらいに興奮した覚えはある。

でも、なにをしたのだろう。思い出そうとするたび、記憶はするすると手の中から逃げていく。断片は覚えているのにあいまいで、まるで酩酊《めいてい》した翌日のようだ。

「……なにが？」

のけぞった大輔に前髪を揺らされる。さらさらとなびくのは、やることをやったあとで風呂《ふろ》に入ったからだろう。ここはラブホテルだ。来たことはないが、内装を見れば想像がつく。

「覚えてるの、おまえ。……んん？」

からかうように笑われて、昨晩のとっかかりを思い出した。

非合法のカジノパーティーに参加して、塩垣健一と会い、うっかりと飲み物に口をつけてしまったのだ。いつもならしない凡ミスだ。現場から離れていると気がゆるむ。

「なんと、なく……」

「あんなにしといて、なんとなくかよ……。もったいないなぁ、本当に」

大輔は陽気に笑い、田辺の髪を引っ張る。近づくと首筋の裏に指が這った。引き寄せられてくちびるが触れ合う。

「……媚薬、キマッてた？」

転がり出そうなため息をこらえ、大輔の額にキスをする。

「猛獣だよ、猛獣。恥ずかしいことばっかり言って……あれが本性だろ」

「いつもと変わらなかったはずだよ……」

「そう思いたいんだろ」

鼻先をこすり合わせると、大輔はまた笑う。怒っているわけでも拗ねているわけでもない。言葉には責めるような響きがなく、ただ単におもしろがっているだけだ。

本当にセックスをしただろうかといぶかしく思ったが、腰は重だるく、背中には爪痕のひきつれが痛みを残している。そして、断片的な記憶に映る大輔は、欲情してしまいそうなほどに扇情的だ。

「おーい。あやちゃ〜ん……」

「思い出すから、待って」

注意深くベッドをおりて、大輔に手を貸す。ベッドへ転がるのを見守ってから、部屋を横切って冷蔵庫を開けた。

「水とお茶、ビールもあるけど」

「おー、ビール。もー、朝から飲んでやる」

「眠れてない？」

缶ビールと水のペットボトルを持って戻る。媚薬がキマっていたなら、夜通しのセックスだったはずだ。付き合わされた大輔の疲労感は容易に想像できる。

「おまえん家に帰ってから寝る……。ここじゃ、落ち着かない」

「うん、そうしよう」

まず、水を飲ませてからビールのプルトップを開ける。田辺は水だけを飲んだ。

車の運転があると頭の片隅で認識している。

「あ……」

いきなりよみがえった記憶に、ペットボトルを取り落としかける。

田辺が紅茶を飲んだのを見た健一は慌てていた。紅茶はたっぷり入っていたから、誰かに飲ませるつもりで用意したものを捨てられずに持ち歩いていたのだろう。テーブルの上で遠ざけたものを、田辺がわざわざ飲むとは思っていなかったはずだ。田辺はすぐに水を飲み、岩下へ挨拶に行かなければならない健一と別れた。

それからの記憶がすでにあいまいだ。部屋を出た田辺は、年配のマダムに声をかけられ、いくらか酒を飲んだ。知り合いだったような気もするし、初めて会った相手のような気もする。帰らなければと思いながら歯止めが利かず、シャンパンだかワインだかを浴びるように飲んだ。泥酔すれば勃起しなくなると考えたぐらい、頭が働いていなかった。

理性があれば、すぐに会場を出ておくべきだったのだ。それができずに泥酔して岩下に回収された。それも覚えている。知らせたのは健一で、自分が誤って飲ませたとかばってくれたらしい。

放っておくこともできただろうに、義理堅い男だ。

「大輔さん、誰から連絡をもらった……？」

ベッドサイドに腰かけた田辺は、肩越しに振り向いた。

「……おまえの電話を使って、岩下から」

「そ、っか……」

息がうまく吸えず、肩がわなわなと震える。浅い息を吐いて、ペットボトルのフタを閉めた。

「来てくれてありがとう。……でも」

今度からは断って欲しい。そう言おうとした腕を引かれる。

「イヤだからな。来るに決まってんだろ」

ずりずりと尻で移動した大輔が肩にもたれかかってくる。怒った表情の横顔は、まっすぐ前を睨み据えていた。

「俺は岩下が大嫌いだ。ヤクザだからじゃない。おまえのアニキ分だから、一生、大っ嫌いだ」

「どうしたの。なにか、言われた？」

ペットボトルをベッドに転がし、ビールをグビグビ飲んでもたれかかってくる大輔の頬を撫でる。

嫌な思いをさせたかと思うと、反省を通り越して悲痛な心持ちだ。

「言われたって、平気だ。気にしない」

そう言いながら、大輔は猫のように頬をすり寄せてくる。あご下をくすぐってやると、顔をしかめて身体を引く。全裸の股間が反応していた。

「若いね、大輔さん」

「まだピッチピチだ。当たり前だろ。触るなよ。家に帰るのが遅くなる。……運転、できるのか」

「平気だよ。頭は冴《さ》えてる。でも、寝るとダメだろうね。いまのうちに移動しよう」

額にちゅっとくちびるを押し当てて、着替えを探しに立ちあがる。田辺のスーツはフロアに置かれたソファの背にかけられていた。シワがつかないように置いたのは岩下だろう。素っ裸にされて、せめてアルコールを抜けとバスルームに連れていかれた覚えがある。

「あぁ……」

頭が痛くなり、額に指を当ててうめく。しばらくは顔を合わせたくない。

あんな失態は、もう何年もなかった。いまさら、若い頃に引き戻され、羞恥で胃の奥が熱くなる。

スーツのそばには小包が置かれていた。健一に頼んで換金してもらったカジノの儲《もう》けだ。

手間賃なら半分ぐらいだろうと持ちあげてみたが、中身が減っている気配はない。中を覗いて確かめても、確かに、覚えている通りの札束が入っている。

「まじか……」

それはそれで恐ろしい。金で精算しなかった理由を考え、大輔へ視線を向けた。

「あの人、どんなふうだった」

こわごわとした気持ちを隠して問いかける。

「偉そうだった」

端的に答えた大輔がそっぽを向く。この話はしたくないのだろう。

問い詰めるべきかと迷い、大輔の服を探す。ベッドの足元に落ちたシャツはくしゃくしゃで、持ちあげてすぐに処分しようと決める。ネクタイも一緒だ。

「これ、捨てるね。大輔さんは、俺のシャツを着て帰って。俺は、裸スーツで帰る」

言いながら、部屋の隅に置かれたゴミ箱へシャツとネクタイを押し込んだ。

はっきりと記憶にないのが残念に思え、ため息が転がり落ちる。

イヤだイヤだと泣きながら、しがみついてきた指先は快楽に溺れていた。濃厚なキスもよみがえり、ぞくっと震えが走る。田辺は媚薬に酩酊していたが、大輔はシラフだったはずだ。

泣かされてくしゃくしゃになった顔が思い浮かぶようで思い出せず、心から後悔する。

「大輔さん、本当にごめんね」

なにげなく見たテーブルの上に、コンビニで売っている下着とカッターシャツを見つけ、田辺はいっそううなだれてしまう。すべて手にしてベッドへ戻った。

「おまえのアニキは、完璧《かんぺき》だな……」

失笑した大輔の眉が不機嫌に動き、田辺の心に冷たい風が吹き抜ける。

「岩下に嫌味を言ってんの。おまえにじゃない」

ボクサーパンツを取り出した大輔が笑う。

「スゴすぎて笑える。……いまも、憧れてるんだろ？」

「違うよ、もう……いまは」

うつむいて答えると、大輔が田辺の分もパッケージを開けた。

「それはおまえの好きにしたらいいんだと思ってる。終わったことだって言うなら信じるけど、そうじゃないなら本当のことが聞きたい。岩下のことは嫌いだけど、いまもアニキだと思ってるなら、……おまえの家族だと思う覚悟ぐらいはある。……だから、俺になにか言うなら、いっつも、本当のことにしてくれ……」

色違いのボクサーパンツを突きつけられ、田辺は小声で礼を言った。ひどくいたたまれないのは、守るべき人に苦労をかけてしまったせいだ。

「もう、謝らなくていい。……おまえが俺を守ってくれてたみたいに、俺だって『おまえと俺のこと』を守りたいと思ってる。……好きなんだよ、知ってるだろう」

「……パンツ穿《は》くの、待ってから言って欲しかった」

ベッドのそばに立った田辺は、太ももまで下着を引きあげた状態で笑う。そのまま身につけると、照れ笑いでくちびるを噛んだ大輔が首を傾げる。

「ごめんごめん。こういうの、照れくさいから……」

「もう準備できた。……言って。聞きたい」

片足をベッドへ乗りあげて腰かけ、あぐらを組んでいる大輔と向き合う。

「もう、言わない……」

ふいっと逃げる顔を、指先でそっと引き戻す。

「ダメだよ。このままじゃ、パンツを穿きながら聞いた記憶になるだろ」

「もう、何回も言っただろ」

「今日はまだ、一回目だ。……言って、大輔さん。聞きたい」

「お、おまえから、言えよ」

くちびるをつんと尖らせて、大輔は耳まで真っ赤になる。

「いいの……？　何回でも言っちゃうけど」

ささやきながら近づいて、熱く火照った頬に触れた。昨日の記憶がせつなくよみがえり、身体を繋ぐ喜びが溢れてくる。

それは触れることを許される喜びだ。受け入れてくれて、感じてくれて、甘く濃厚な時間を分け合える奇跡にめまいがする。

「……好きだよ、大輔さん。大好きだ」

「くっ……」

喉に息を詰まらせて、大輔はうつむいた。一瞬の表情だけで、自分が昨晩も口にしたのだとわかる。

感じきってぐずぐずに泣く大輔を押さえつけ、何度も何度も繰り返したに違いない。それが一番、田辺を快感漬けにする行為だ。

「……俺も」

うつむいた大輔の指が、田辺の肘あたりに触れる。

「おまえが好きだ。……だい、すき……」

「もう一回、やってから帰らない……？」

たまらなくなって、肘に触れる指を捕まえる。くちびるに引き寄せてキスをする。

「ダメだ……。もう介抱は終わったんだよ。帰って寝て、すっきりしたら、いつものセックスをする」

「また、キツくしてもいい？」

「いや……無理だ。おまえの『キツく』は半端ない。俺のケツが壊れる」

「じゃあ、おうちでも潮吹き……ごめんなさい。冗談……」

「本気だろ」

じっとりと睨んだ大輔がおおげさに息を吐き出した。

「昨日の今日だから、しない」

不機嫌な声で断言する。田辺はそろりと視線をあげた。

「しばらくしたら……」

「そのとき考える。そうじゃなかったら、おまえ、自分でクスリ飲みそうだ……。ヤだからな、定期的に呼び出されるの」

「もう二度とない」

田辺は断言したが、大輔は信用していない顔だ。カッターシャツをパッケージから取り出して袖を通す。ボタンは田辺が留めた。

「あや、本当に身体はだいじょうぶか」

大輔の手がこめかみに触れて、そっと髪が耳へかけられる。

優しい仕草に胸が震えて、動きが止まる。くちづけが額に押し当たり、田辺は黙って目を閉じた。眉間《みけん》にもくちびるが触れ、鼻の頭にもキスされる。

それから、ついばむようにくちびるが吸われた。

「もう心配させるなよ……」

開いたまぶたの向こうで、田辺が心底から惚れた男は眩しいほどに凜々《りり》しく見える。

「気をつけます」

素直に答えて、今度は田辺から大輔へキスをする。

身体を引き寄せると、腕の中に転がり込んでくる恋人だ。逞しい肉づきを布越しに感じて、ひとしきりの甘いキスを交わした。

あとがき

こんにちは、高月紅葉です。

刑事に×××シリーズの文庫第五弾『刑事に一途なメランコリック』をお届けします。

ちょうど、後半書き下ろし『恋と媚薬』を読み直したところですが……。

皆さん、だいじょうぶでしたか？　私はけっこう頻繁に悲鳴&身悶えてしまいました。

今回は表題作のラブシーンが薄いので、書き下ろしでたっぷり濃厚なところをお届けしたいと思ったのです。それがこんなことになるとは……。

田辺ははっきり覚えていないので、ご褒美にならないと思われるかも知れませんが、このご褒美のキモは、媚薬を言い訳にして「無理めなプレイをお試しする」というところにあります。普段なら、あれもそれも嫌がられてしまうけど、こういうときはなし崩し。

そして、大輔はシラフなので、快楽はちゃんと刻まれている、というご褒美です。

つまり新しいドアが開いてしまったんですね。

次の機会には田辺がきちんとエスコートして行為に及ぶし、あとあとで、アニキの計らいの意味を知るような気がします。

本シリーズは、なかなか感想をいただけなかったのですが、この頃は感想の手紙やTwitterでのタグ付きツイートなどが増えました。ありがとうございます。

電子書籍のレビューについては拝見する機会が少ないのですが、初めて足を踏み入れる方には大事な指針となりますので、オススメレビューを書いていただけると嬉しいです。

作者への感想はどうぞ、お手紙・サイトのメールフォーム・Twitterをご利用下さい。

最後になりましたが、本作の出版に携わった方々と、読んでくださったあなたに、心からのお礼を申し上げます。またお目にかかれますように。

高月紅葉

刑事に一途なメランコリック：電子書籍に加筆修正
恋と媚薬：書き下ろし

ラルーナ文庫

この本を読んでのご意見・ご感想・ファンレターなどお待ちしております。〒111−0036 東京都台東区松が谷1−4−6−303 株式会社シーラボ「ラルーナ文庫編集部」気付でお送りください。

刑事《けいじ》に一途《いちず》なメランコリック

2022年7月7日 第1刷発行

著　　者｜高月《こうづき》 紅葉《もみじ》
装丁・DTP｜萩原 七唱
発 行 人｜曺 仁警
発 行 所｜株式会社 シーラボ
〒111-0036 東京都台東区松が谷1-4-6-303
電話 03-5830-3474／FAX 03-5830-3574
http://lalunabunko.com
発 売 元｜株式会社 三交社（共同出版社・流通責任出版社）
〒110-0016 東京都台東区台東4-20-9 大仙柴田ビル2階
電話 03-5826-4424／FAX 03-5826-4425
印刷・製本｜中央精版印刷株式会社

 ISBN978-4-8155-3271-0

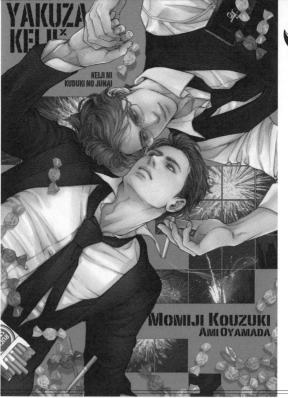

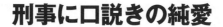